SPICA
VERLAGS- & VERTRIEBS GMBH

© SPICA Verlags- & Vertriebs GmbH

1. Auflage 2012

Alle Rechte vorbehalten. Das Werk darf – auch teilweise –
nur mit Genehmigung des Verlages wiedergegeben werden.

Satz: SPICA Verlags- & Vertriebs GmbH

Coverabbildungen: Mika Abey | pixelio.de; Renaters | fotolia.com

Druck und Bindung: PRINT GROUP Sp. z o. o., Szczecin

ISBN 978-3-943168-12-9

RUTH NEUKIRCH

Nebenflüsse

PANTHA RHEI – Alles fließt.

www.spica-verlag.de

TEIL I

Nebenflüsse

Herzlichst für meine liebe
Tante Annelies und für
meinen Onkel Walter

Von Ruth Neukirch

Dresden, am 10.10.2012

Prolog

Es klingelt.
Die Sprechanlage gibt mir eine gelangweilte Stimme wieder, die ein Paket für mich bereithält. Bestellte Bücher? Sie bleiben unausgepackt. Das Geschäft hält mich in Trab. Keine Zeit zum Lesen.
Ganz meinem Ziel geschuldet, eigenständig Geld zu verdienen, autonom sein – und das mit Spaß!
›Ansprüche sind das …‹ Diesen Satz hätte mir meine Oma gesagt. Derweil hatte sie Ansprüche. Der Alltag hatte sie nicht. Das habe ich kapiert. Natürlich viel zu spät. Ich bin wie sie, glaub ich. Ich will manchmal gar nichts und fast immer alles. Das aber kann man nur unabhängig ausleben.
Beraterin. Klingt doch gut. Beraterin für alle Lebenslagen. Das Telefon klingelt unentwegt. Termine, Termine. Nicht immer klingelt es im Beutel. Das wusste ich. Leben, Überleben, Selbstsein.
Der Termin aber, den ich jetzt in Angriff zu nehmen vorhabe, ist schwierig. Ein Paar in Nöten hat sich gemeldet. Bauchschmerzen ereilen mich immer, wenn ich Paaren raten soll, wo doch mein eigenes Paarsein unzulänglich stattgefunden hat. Wie dem auch sei – ich muss meine Arbeit tun. Paare. Sie sitzen vor mir. Häufig mit nach außen gekehrtem Selbstbewusstsein, undurchdringlich.
Beide verletzt, sicher mehr, als sie je zugeben würden. Ihre Masken tragen sie schon zu lange, als dass sie gesunden könnten. Das Phänomen, sie bleiben – bleiben zusammen. Sie brauchen nur eine Bestätigung ihrer Liebe, die selten eine

war. Auch deshalb gehen sie nicht zum Psychologen. Der bohrt zuviel in Vergangenem, im Grundsätzlichen – das ist anstrengend. Ich habe sie nicht zu entlarven, ihnen vielmehr eine neue Maske zu verpassen: Dass sie beieinander bleiben, dass sie sich weiter etwas vormachen können, dass sie funktionieren, dass sie die Fassung bewahren. Am leichtesten lassen sich religiöse Paare motivieren, denn die schickte man schon mit Maske in die Ehe. Aber auch solchen fällt das Durchhalten nicht leicht. Vielleicht sorge ich sogar für ihr kleines Glück, indem ich darauf achte, dass sie nicht wirklich ihre eigensten Wünsche erkennen, dass sie sich wieder in die für sie vorgesehene Bahn drücken lassen. Was hätten sie auch ohne sich? In der letzten Zeit berate ich Paare, für die Kinder stets unpassend erschienen, die ständig auf der Höhe der Zeit sein müssen: Klamotten, Markenstudium, Wohnung, Haus, Design, Kosmetik, Outfit, Freundeskreise, wo man zugehören muss, die man sich nicht auswählt. Erfolge zeigen, sich feiern und bewundern lassen.

Spannend immer wieder für mich, wer oder was hat das sogenannte Gleichgewicht des Paares ins Wanken gebracht, wofür brauchen sie neue Masken, wann kommen die Traurigkeiten, die sie an ihrem Miteinander zweifeln lassen. Fremdgehen kann ich aufgrund meiner beraterischen Erfahrungen fast ausschließen. Das ist selten ein Grund auseinanderzugehen.

Paare mit Macho-Männern habe ich noch nie beraten. Bei denen läuft das auf einer vernichtenden barbarischen Ebene ab. Während er alles darf, muss sie schlucken, und wehe, das funktioniert so nicht, dann wird sie »gesteinigt«. Zumeist, so meine Erfahrungen, sind Alterserscheinungen im Spektrum. Beleidigungen, Liebesentzug, der Verlust ankündigt. Es ist die Durchsichtigkeit des Alters. Durchsichtigkeit im Sinne

von nicht mehr beachtet werden, nicht mehr attraktiv sein, nicht mehr anwesend sein, nichts mehr zu sagen haben, leichten Spott erfahrend. Der Alltag hält davon mehr als genug bereit.
Meine Intuition spielt alles durch. Ich bin gut vorbereitet.
Mein Paar sitzt vor mir.
Jetzt aber bemerke ich, dass sie nicht wie die zahllosen anderen Maskenpaare aufgewühlt vor mir sitzen – sondern geradezu innerlich strahlend, nicht beleidigt, nicht verzweifelt, einen neuen Weg vor sich sehend. Ihr Alter schätze ich auf Mitte sechzig. Ihre Mienen haben innerhalb weniger Sekunden eine Wandlung vollzogen, die mich einbeziehen, mich geradezu überlappen. Vertrauen, Nähe spüre ich.
Ich lasse übliche Plänkeleien, steife Eingangsbelehrungen, Begrüßungsfloskeln weg. Es reicht, wie es sich rasch herausstellt, meine Aufforderungsgeste, sie mögen sprechen.
Und es schießt aus ihnen heraus. An Kinder erinnernd, erzählen sie. Ich merke, sie brauchen keine Hilfe, vielmehr Teilhabe an ihrem Glück, das sie vor sich ausgebreitet sehen und in das sie eintauchen. Die langjährige Ehe löst sich wie von selbst, schwerelos auf. Manchmal schauen sie sich während des Berichtes liebevoll an. Nicht aus einem Verliebtsein heraus, sondern aus einer Fassungslosigkeit, die das Glück des anderen betrifft – ihm gönnend, weil ja das eigene Glück viel größer zu sein scheint.

Es schreit jemand.
Von der rechten Straßenseite her, wo sich eine Gruppe von Dorfbewohnern im regen Gespräch befindet, sicher, weil es wieder mal einen deutschen Bus in die Region verschlagen hat, dringt dieser markerschütternde Aufschrei. Ich sehe vom Bus aus, wie sich eine Person aus dem Dorfknäuel löst.

Zunächst gibt es für mich keinen Grund, die eingenommene Ruhestellung aufzugeben, denn sollte etwas passiert sein, sind genügend Leute vor Ort und man wartet sicher nicht auf eine kleine alte Frau, die sich dem Ort ihrer Kindheit, Jugend und ihrer großen Liebe nähert und die dafür innere Kraftaufwände zu leisten hat.
Aber die sich von der Gruppe gelöste Person findet langsam doch meine Aufmerksamkeit. Unbemerkt von mir selbst sitze ich bald kerzengerade in meinem Bussitz, erstarrt.
So muss Sterben sein, Filmriss.
Die Person lässt nach mit der Aufmerksamkeitsarbeit, verharrt gleichsam im Schritt. Der Busfahrer hält an.
Ich sehe Franz auf mich zukommen, der sitzt seit dem Grenzübergang zu Polen ganz vorn auf der linken Seite, denn verlässlich scheint er zu wissen, dass sein Heimat-Herrschaftshaus auf dieser Seite zu finden ist.
Sicher sehe ich aus wie Kreislaufkollaps, meine Knie sind weich, meine Stimme scheint für immer verschwunden zu sein und überhaupt, es ist mir schlecht.
Ich erreiche noch rechtzeitig den Straßenrand, lasse mich den Hang hinunterrutschen und kotze los. Mir ist, als käme mein Leben Stück für Stück heraus, als müsste ich mich jetzt sehr schnell von diesem befreien.
Als ich wieder zu mir komme, ist die Gruppe vermeintlicher Dorfbewohner nicht mehr zu sehen. Für einen von ihnen habe ich mich gerade vom Bisher freigemacht.
Ich renne los, erreiche diese Person – und er ist es.
Unglaublich. Ich wusste plötzlich, dass dieser Augenblick kommen musste. Dennoch – ganz ohne Pathos stehen wir uns gegenüber. Ich hatte zwar den besagten Augenblick ins Jenseits verschoben, aber ich wusste es. So wie es Dan immer gewusst hatte.

Später erfahre ich, dass er viel dafür getan hat, es im Diesseits stattfinden zu lassen. Ich schließe mich Dan an, wir gehen ins Dorf. Ich schaue mich nicht um, es hat stattfinden sollen. Es gab für mich kein Zagen.
Natürlich dauerte es nicht lange, dass meine Selbstverständlichkeiten Widerstand erfuhren. Zwischen den Rufen meines Mannes wurde mir eine Ehefrau vorgestellt. Dans Frau. Inzwischen begrüßte auch Franz in wilder aufgelöster Leidenschaft Dan und dessen Frau.
Franz bittet mit leichter Ungeduld um den langersehnten Gang zum Anwesen seiner Eltern. Dan war uns behilflich beim Finden. Es steht leer. Die Kinder der Eigentümer wollen es nicht haben. Sie leben in Warschau. Wir brauchen keinen Schlüssel, die Türen stehen offen. Die Besichtigung beginnt. Das gesamte Gebäude ist fast herrschaftlich schön erhalten. Franz blüht auf, die Freude lässt er unverschlüsselt heraus. Er quietscht, pfeift, tanzt, umfasst, verschwindet, um am anderen Ende des Ganges oder eines Zimmers wieder aufzutauchen. Er jubiliert. Seine Pläne sind ihm anzusehen. Er schreit sie in die Welt. Hier werden wir leben. Wir fahren nicht wieder zurück. Diese Spontaneität meines Mannes hatte mich wohl dereinst am meisten an ihm fasziniert, jetzt aber wollte keine Sympathie aufkommen ...
Unsere Busbegleiter, die sich allesamt eingefunden hatten, schien diese Begebenheit zu amüsieren. Ungläubig schauen sie zu Franz. Einige waren schon laut vernehmlich dabei, aufzurechnen, was die Renovierung des Hauses kosten könnte.
Franz aber glühte vor Glück. Er nahm nur wahr, was er wollte. Obwohl er nie, nie hierher zurückkehren wollte, schien er irgendwie angekommen zu sein.
Im Bus auf dem Weg ins Hotel sagte ich ihm, dass ich nicht in jenes Haus zöge. Großzügig meinte Franz, dass ich natür-

lich erst einmal nach Hause fahren dürfe und mir Zeit lassen könne und überhaupt den Umzug in Ruhe vorbereiten sollte. Er aber bliebe auf alle Fälle hier.
Ich habe für ihn das Bisher mit ausgekotzt.
Er setzt auf Schnellzug. Er setzt auf Dinge. Das Erwachen könnte schlimm sein. Ich aber weiß, dass ich dann nicht bei ihm bin.
Rasch findet Franz die Erben und vereinbart eine großzügige Kaufsumme. Sie sind einverstanden damit, dass der Verkauf sofort gilt. Wieder äußert er mir gegenüber sein Verständnis, dass ich nicht nachvollziehen könne, wie groß seine Freude sei an dem so gut erhaltenen Elternhaus.
Nebenbei erkundigte er sich, ob denn die Katen, aus denen ich kam, noch stehen. Es gibt sie nicht mehr.
»Hast du Bekannte erspähen können? Erkunde erst einmal, wie die Atmosphäre im Ort ist, ob es sich hier auch leben lässt. Du wirst mich nicht hier haben. Unsere Wege trennen sich.«
»Ich verkaufe unsere Autos, wir holen uns einen Geländewagen. Den Norbert musst du erwischen, der legt uns hier den Park an. Die Pläne liegen in Hamburg, in meinem Büro. Ja, unsere Wege trennen sich vorerst, es gibt viel zu tun. Das Material für den Ausbau lasse ich ohnedies aus Deutschland kommen. Ein Traum wird wahr.«
Sein Traum wird wahr.
»Du wirst dich einleben, es ist doch auch deine Heimat – gewissermaßen. Deine Bibliothek im Hause lasse ich wie einst neu erstehen.« Franz legt mir den Arm um die Schultern, drückt mich fest an sich wie lange nicht. Es ist Abschied.
Ich sage nichts, habe keine Wünsche, keine Meinung, keine Kritik, keine Stimme, kein Gesicht.
Ich gehe.

Und komme zurück.
Vernichtet im Inneren. Da gibt es aber noch das Äußere – die Funktionalität. Ich werde geschäftig empfangen, mit Aufgaben überhäuft und zur Abreise nach Hamburg veranlasst. Mit Leichtigkeit entschließe ich mich, schon am nächsten Tag abzureisen. Ich würde nicht zurückkehren. Es gäbe nur Dinge als Motiv für die Rückkehr. Mein Herz hängt nicht an Dingen.
Nun beginnt auch bei mir eine enorme Geschäftigkeit, eine, die mich bis zu einem gewissen Grad befreit von Heimat, Bindungen, Abhängigkeiten, von Träumereien.
Auf dem Weg begreife ich die Zusammenhänge, soweit ein Menschenkind dazu in der Lage ist, für menschliche Not und Fremdbestimmung, begreife, was Glück ist beziehungsweise sein kann. Mir wird klar, dass ich Teile von Glück leben durfte, dass es aber niemals mein echtes Selbst war, das es erlebte.
Dass der Weg das Ziel ist, habe ich den Philosophen abgenommen, dass es aber zutiefst individuelle Heilswege gibt, ist ein schier unverschämtes Glück – vor allem einen solchen erkennen oder gar gehen zu können.

Ich beschreite also meinen Weg, der die Freiheit eines zurückliegenden Lebens hat, der keine Eitelkeiten mehr zu beachten hat und der ein spätes Glück in der Einsamkeit verheißt.
Meine tägliche Arbeit ist sozusagen ein Ausbruch aus der Einsamkeit, in die ich sehnsuchtsvoll zurückkehre, die mich wiederum befähigt für sie.
Das Lebensstudium habe ich hinter mir. Eine tief eingegrabene Zärtlichkeit und Hoffnung lässt mich leben und nicht wirklich einsam sein.

Es dauert zwei Jahre, bevor Franz merkt, dass ich meine Gegenwart abgemeldet habe. Nun aber besteht er auf Scheidung. Ordnung muss sein. Großzügig werde ich materiell abgesichert. Wir sehen uns auch vor Gericht nicht. Franz lässt sich von einem Rechtsanwalt vertreten.

Das Ehepaar hat berichtet, gebeichtet, sich geöffnet, wie ich es noch nie erlebt habe. Mich haben sie animiert abzutauchen in meine Welt, deshalb bin ich mit Einzelheiten ihres Lebens nicht vertraut. Muss ich nicht. Sie sind voller innerer Ruhe, so auf jeweils sich selbst fixiert, dass ich ohne Rat und ohne Kommentar bleiben kann.
Ich bringe lediglich meine Bewunderung zum Ausdruck, verweise auf ihr riesiges Glück und bestärke sie in ihren Vorsätzen, die glückliche Zweisamkeit mit neuen Partnern aus alten Zeiten zu genießen.

Dan sitzt mit leuchtenden Augen in der Ecke seiner Küche und schaut mich mit einer unglaublichen Gewissheit an. Automatisch kommt er dem Ruf, die Teezeit vorzubereiten, nach. Mit ruhigen und sichtbar geübten Bewegungen setzt er den Teekessel auf den Herd, in dem das Holzfeuer lodert, das durch die halboffene Herdtür Wärme spendet.
Die auffordernde, sehr klare und noch junge Stimme war aus dem Nachbarzimmer gekommen, das im Dunkeln lag, wohin aber das Herdfeuer ab und an Lichtkegel auswarf und so einen etwas unheimlichen Eindruck machte. Den in der Tasse dampfenden Tee bringt Dan nach nebenan, sachte schluckt ihn dieses Zimmer, aus dem nur sanftes Flüstern zu mir dringt. Ich sitze wie festgenagelt auf meinem Stuhl und denke nicht, erwarte nichts, bin glücklich.
Dan kehrt zurück, tafelt auf und setzt sich mir gegenüber. Ich

sitze so mein Leben lang, ich saß so immer – Dan mir gegenüber. Ich berühre ihn und lege meine rechte Hand auf die seine – wie früher.

Und wie früher saßen wir so. Wie lange diese Zärtlichkeit währte, weiß ich nicht, es war ohnedies Zeitlosigkeit eingetreten.

Viel zu schnell und eiskalt erfasst mich dann die Wirklichkeit, denn ich erfuhr von Dan, er sprach langsam und bedächtig, ausschmückend wie gewohnt und wie ich es immer liebte – ich konnte so nie reden –, dass er nur vorübergehend und zur Zeit eigentlich zufällig in Bitow lebt, da es seine Tochter, die sich im Nebenzimmer befindet, so gewünscht hatte. Sie wollte sich in ihrem Elternhaus, das die Familie gelegentlich als Wochenendhaus nutzt, ausruhen zwischen Chemotherapien, derer wohl noch einige folgen müssten. Die Familie selbst wohnt längst in Warschau, wohin auch Dans Frau gefahren ist, die sich um ihre vier Enkelkinder kümmern will. Dan hatte bis zur Rente in Warschau als Leiter der dortigen Galopprennbahn gearbeitet. Er strahlt großen Optimismus aus, was die Genesung seiner an Brustkrebs erkrankten Tochter Saskia betrifft, und ich konnte ihn in dieser Hinsicht nur unterstützen, soweit ich meiner Fassung und meiner Stimme habhaft wurde.

Die Zärtlichkeit blieb, noch immer lagen unsere Hände aufeinander und strömten Verbundenheit aus. Dan hatte Aufgaben. Er brauchte mich nicht um Verständnis bitten und das war auch wie früher.

Wir tauschten aus, was für eine Verbindung nötig war.

Dan würde mich anrufen.

Ich warte auf den Anruf von Dan.

Einige Zeit sollte jedoch vergehen. Es war nicht *der* Anruf, es war *ein* Anruf. Dans Stimme, merklich schwach, aber er beteuerte mir, dass es ihm gut ginge. Er bedankte sich für das kleine Vermögen, das ich ihm für weitere medizinische Versorgungen seiner Tochter, die im Ausland nötig wurden, überwiesen hatte.

Das Geld stammt aus der Scheidungsversorgung, auf die ich ohnedies verzichten wollte. Behalten habe ich nur unser kleines Gartenhaus bei Hamburg, das wir einst zum Glück als Wohnhaus gemeldet hatten, zwei kleine Zimmer und Bad. Meine Behausung. Mir ging es gut, hatte ich doch vernünftige Einnahmen und durch meine Tätigkeit interessante Begegnungen.

Eines Tages aber, meinen 80. Geburtstag hatte ich mit mir selbst tags zuvor sehr ausgelassen gefeiert, alle Möglichkeiten einer sogenannten schicken Feier, zu der ich einige Einladungen hatte, schlug ich aus.

Ich wartete schließlich auf einen besonderen Anruf, für den wollte ich abrufbar sein.

Mein Beratungsbüro war weitervermietet und künftige Zeiten waren gedanklich darauf gerichtet, fit für Dans Zärtlichkeiten zu sein. Meine Geduld war grenzenlos, sollte es nicht nur mein Wunsch sein, sondern auch Dans. Der Preis für dieses mögliche späte Glück sollte auf keinen Fall menschliches Unglück sein.

Eines Tages also wache ich mit Dan im Arm auf, er drückt mich fest an sich, die Zärtlichkeit übermannt mich. Ich sehe in sein erleuchtetes Antlitz. Wache blaue Augen schauen mich liebevoll an. Wir halten lange diesem gegenseitigen Blick stand. Ich fasse nach ihm, will über seine zerfurchte Stirn streicheln und ihn liebkosen.

Dann das diesseitige Erwachen. Langsam, nur ganz langsam

erfasse ich, dass ich allein im Bett liege und gewaltig geträumt haben muss. Freilich war es ein wunderbarer Traum und die erlebte Zärtlichkeit erfüllt mich den ganzen Tag, an dem ich male und weiter mein Buch lese, eines von denen, die ich immer wieder zur Hand nehme, während sich die noch nicht gelesenen stapeln.

Erst am Abend, als ich auf meiner Faulmatratze liege und auf Wiederholung der Zärtlichkeiten warte, wird mir mit einem Schlag bewusst, dass ich den Anruf nie mehr bekommen würde.

Wie konnte ich dieses Erlebnis als schönen Traum werten, wie konnte ich vergessen haben, dass es ein letzter Gruß war, der *letzte* Gruß? Ich hatte es schließlich schon einmal erlebt – erfahren, diesen Todesgruß, diesen besonderen Abschied.

Anrufen musste ich nicht, ich wusste, dass Dan nicht mehr im Hier anzutreffen und zu sprechen ist.

Dieser Abschied war das späte Glück. Eben weil dieser Abschied so kam, würde ich ihn nie vergessen, vielmehr noch, ich kann mir die letzten Zärtlichkeiten, wann immer ich will, abrufen.

Diese Erkenntnis ließ mich glücklich sein.

Meine auf diesem Gebiet gemachte Erfahrung wurde rasch allgegenwärtig. Ein solcher Abschied nämlich war mir von meiner Oma vergönnt. Ich sehe sie stets in diesem »Traum«. Ein halbes Jahr vor ihrem Tod hatte ich sie in unser Haus nach Hamburg geholt, um sie zu pflegen. Sie war 96 Jahre alt und hatte bis dato ihren kleinen Haushalt mit nur wenig Hilfe selbst führen können. Nun aber ereilte sie ein Oberschenkelhalsbruch und eine Rundumfürsorge war erforderlich. Sie war eine liebe Pflegebedürftige, anspruchslos, dankbar und erzählfreudig. Sie trällerte all ihre Volkslieder, polnisch und deutsch, diktierte mir ihre Rezepte aus dem Kopf in die Küche und verriet manches über meinen Opa, den ich nie kennengelernt habe, was wohl die gesamte Familie hätte erröten lassen.

Irgendwann musste die Ärztin täglich kommen und mit dieser hatte sie auch besprochen, dass sie sehr gern einen Pfarrer sprechen möchte.

Unter uns Heiden war sie wohl die einzige in der Familie, die auf den letzten Segen setzte. Meine Überzeugung war, dass sie ruhig sterben würde, mit sich eins, auch ohne Pfarrer, denn sie war ein aufgeschlossener Mensch, der akzeptierte, dass es verschiedene Menschen gibt; die nicht verurteilte oder den Zeigefinger hob, dass sie irgendetwas besser wüsste als andere. Von ihr hab ich Toleranz gelernt. Von ihr habe ich vor allem Sensibilität für Grenzen gelernt. Ich wusste, wann es zu handeln oder zu helfen galt, der Blick meiner Oma war richtungweisend. Als wir unseren Heimatort Bitow verlassen mussten, war sie es, die unseren Schmerz, ja, auch unsere Wut in die richtigen Bahnen zu lenken vermochte, die aussprach, was allen Übels Auslöser war: der Krieg, dieser verfluchte, unsagbar grausame, die Nazis, die Raffgier und eine allzu große Macht von Kleindenkern. Sie war ob der grausigen Gewalt der Nazis regelrecht bestürzt, was den Fortbestand der Menschheit betrifft.

Auf der Flucht 1946 von Bitow Richtung Westen ins Ungewisse vermochte sie immer wieder alle zum Verstummen zu bringen, indem sie auf unsere Breslauer Juden verwies, unter denen wir einige Freunde hatten, die lange vor uns gehen mussten. Wer hatte ihnen geholfen und beigestanden?

Der evangelische Pfarrer, der sie nicht kannte, Kirchgängerin war sie nie gewesen, kam. Das Zimmer wurde abgeschlossen und Oma, ich hörte es im Nachbarzimmer, betete mit ihm. All unsere Namen hörte ich, auch Franz schloss sie in ihr Gebet ein, der sie seinerseits trotz großer Unterschiede stets geschätzt hatte.

In ihren letzten Tagen schlief ich im Zimmer nebenan, um ihr behilflich sein zu können, denn oft verlangte sie nun etwas zu trinken oder sie wollte eine Wasser-Mehlsuppe essen oder einfach meine Hand halten.

Sie verabschiedete sich von mir am Abend vor ihrem Tod, indem sie mir erschien. Black Box aktiv und passiv. Ich wollte gerade aufstehen, als mir der Atem stockte, denn beim Drehen zur Aufstehseite sah ich in das Antlitz meiner Oma. Aus dem Gesicht, das strahlte, schauten mich wache Augen liebevoll an. Das währte nur Bruchteile von Sekunden, der Anblick aber hat in mir etwas erreicht, das es mir ermöglicht, wann immer ich will, die entspannten und strahlenden Gesichtszüge meiner Oma zurückzuholen.

Das ist mehr als eine Erinnerung, ich lebe mit ihr.

So werde ich auch mit Dan leben.

(Dan Luc Konferty starb am 10.01.94)

Kapitel 1

TAGEBUCH DES DAN LUC KONFERTY
1990 (polnisch erstellt, von Saskia übersetzt)

Gebürtig aus Glatz, Sohn polnischer Kleinbauern, angestellt als Pferdeknecht beim Grafen Hermann von Dietfurt in Bitow. März 1932, ich bin 14 Jahre alt und seit einem Jahr auf dem Gut.

Truus brachte mir eines Tages zwei leere Schulhefte und bat mich, alles, was Pferde angeht, täglich aufzuschreiben. Ich sei, so hatte sie beschlossen, von nun an ihr Ausbilder. Sie will Pferdefrau, so nannte sie ihren künftigen Beruf, werden. Mit ihren zwölf Jahren wusste sie schon sehr genau, was sie werden wollte. Das hatte ich längst bemerkt, denn sie lungerte nach ihrem Tagwerk, so nannte sie ihre Arbeit in der Küche der Herrschaften, seit Monaten schon im Stall herum und begann sich nützlich zu machen.
Ohne Scheu begegnete sie den Pferden, aber auch mir. Nun erst bekam ich eine ungeheure Gewissheit darüber, dass ich eine interessante und wichtige Arbeit tue.
Meine ersten Versuche startete ich auf Zetteln, die Truus gut fand, wohl verbesserte sie oder übersetzte, denn mein Deutsch war nicht gut, während Truus perfekt Polnisch beherrschte.
Bald bekam ich konkrete Aufgaben für das Tagebuch, unsere Landschaft zu beschreiben, das Gestüt vorzustellen, Infor-

mationen über die Pferderassen und Regeln im Umgang mit Pferden zusammenzustellen und vieles mehr. Mein Studium begann. Ich musste mich über die praktische Arbeit hinaus beschäftigen, um Truus informieren zu können. Franz half mir sehr dabei, denn oft, wenn er von der Schule aus Breslau kam, ritten wir aus. Wir waren in einem Alter und verstanden uns gut. Ohne Truus jedenfalls hätte ich kaum irgendeinen Bewusstseinsgrad weder in meiner Arbeit noch im Umgang mit Menschen und der Natur bekommen, denn als ich mit 13 Jahren bei Dietfurts Stallbursche wurde, tat ich das ohne Engagement, ohne innere Anteilnahme.
Truus' Welt wurde meine, als sich mir später meine eigene eröffnete, war das unsere Trennung, die aber niemals für immer gedacht war, nur eine auf Zeit für meine ebenbürtige Rückkehr zu Truus.

Mein Tagebuch war nur im ersten Teil Informationstagebuch für Truus, vieles schrieb ich in Extrahefte oder aber auf Blätter, die sie nicht zu lesen bekam. So schrieb ich etwa 70 Hefte voll, die Saskia zum Binden bringen wird – für Truus.

Eine erste Truus-Beobachtung lege ich bei (1932):
Truus wohnt mit ihrer fröhlichen holländischen Oma, die Köchin bei den Dietfurts ist, im hinteren Teil des Herrschaftshauses, der sich dem Versorgungs- und Küchentrakt anschließt. Oft sitzt sie in der altehrwürdigen von hohen Fensterfronten umgebenen, für alle offen stehenden Bibliothek. Sie liest viel – und das nicht nur in der Bibliothek. Vor allem aber liebt sie Gedichte und schwärmt von ihrem Ausflug zum Eichendorffanwesen, das sich in Lukowitz befindet. Bei Eichendorff finden sich viele polnisch verfasste Gedichte, diese sagt sie ebenso flüssig auf wie die deutschen. Ich dage-

gen kenne nur Bibelverse. Truus findet sie gut und will sie immer und immer wieder von mir hören.

Einmal überraschte sie mich mit dem Aufsagen meiner polnischen Bibelverse, als wir bei furchtbarem Wetter auf die Koppel mussten.

Alles erschien plötzlich leicht. Truus lernt und begreift unsagbar schnell. Ich komme da nicht mit, fühle mich auch immer ein wenig unterlegen.

Sie ist ein erstaunliches Wesen. Flink und gewandt tänzelt sie durch die Pferdeställe. Ihre sehr langen dunkelblonden Haare trägt sie selten wie die anderen Mädchen im Ort zu einem Zopf geflochten, sodass ihre Haare stets in Bewegung sind und oft ihren Aufenthaltsort verraten, denn solch eine Haarpracht kann niemand im Zaume halten.

Regelrecht eingewickelt von ihren Haaren sitzt sie lesend in der Bibliothek oder auf der Bank im Hof, so als würde ihr Haar schützend und abgrenzend das lesende Studium ermöglichen.

Sie wickelt sich mit einer besonderen Handbewegung in ihre Haare ein, gleichsam ein Signal für ihre Absonderung von dieser Welt in ihre eigene. Niemals käme ich auf die Idee, sie aus dieser schönen herauszuholen. Schön muss sie sein, denn ich kenne sie in jenen Situationen nur mit entspannten Gesichtszügen und einem lächelnden Mund.

Irgendwo las ich später, dass Literatur ein Ort der Freiheit ist, und wenn man liest, sich die Zeit, also das Leben verlangsamt und dass, wenn man liest, man ganz und gar da ist ...

Außerdem, und auch das erlebte und verstand ich viel später, geht von guten Geschichten eine Magie aus, davonzufliegen in ein fremdes Land, in eine andere Welt ... Truus' Welt, in die ich ab und an mitgenommen wurde.

Sehr schmale dunkle Augen mit ebensolchen Augenbrauen,

die sich in sanftem Bogen über die Augen ziehen, lassen ihr ohnedies schmales Gesicht noch feiner wirken.
Das Besondere aber ist ihr Blick. Er ist eindringlich, die gesamte Person erfassend, ausharrend, auch fordernd. Sie kann sehr lange und tief versunken in Gesichtern forschen. Ich halte diesen Blick immer besser aus, ihm stand. Alles macht sie mit einer Intensität, mit Ausdauer und Geduld, sie interessiert sich für alles und jeden. In Rage gerät sie eigentlich nur über sich selbst, wenn sie zum Beispiel etwas nicht kapiert oder Handgriffe nicht beherrscht ...

19.03.1932
Heute hat mir Truus beim Ausmisten, aber auch beim Neueinrichten von Pferdebuchten geholfen, Bedingung aber war, dass ich sie nach getaner Arbeit begleite und »den erwachenden Frühling im Wald mit ihr genießen soll«. Während unserer Wanderung zum Wald, um diesen erreichen zu können, gilt es etwa 25 Hektar Dietfurt-Acker zu durchqueren und ein riesiges leicht ansteigendes Flurstück mit Wiesen und Strauchwerk hinter sich zu lassen – und das ohne ausgetretene Wege –, drängte sie mich, mit den Tagebuchaufzeichnungen zu beginnen, denn unsere gemeinsame Zeit reiche nicht aus, ihr Lernpensum zu befriedigen.
Ich war noch nie in diesem das Dietfurt-Land begrenzenden Wald, der sich als riesig herausstellt, das wiederum konnte ich auch erst ermessen, als wir auf der höchsten Erhebung mit etwa 800 Meter über dem Meeresspiegel standen, wo eine Art Ausguck angelegt war.
Dieser Rundumblick war dazu angetan, die Gegend mit den weiten Tälern und mäßig hohen Bergen zu erfassen und ich begriff, dass es eine schöne Landschaft ist, in der es lohnt sich umzuschauen und diese auf sich wirken zu lassen.

Zum ersten Male fühlte ich eine Art Entspannung, von der Truus oft spricht. Sie könne ohne diese Momente vieles nicht aushalten. Truus begann beim Eintreten der Dunkelheit, noch bevor wir an das Zurückgehen dachten, Eichendorffs »Waldeinsamkeit« aufzusagen:

WALDEINSAMKEIT

Du grünes Revier, wie liegt so weit
die Welt von hier!
Schlaf nur, wie bald kommt der Abend schön,
durch den stillen Wald die Quellen gehen,
die Mutter Erde wacht
mit ihrem Sternenkleid bedeckt sie dich sacht
in der Waldeinsamkeit,
warte auf uns, wir kommen wieder – bald!

Auf dem Nachhauseweg sagte sie mir das Gedicht noch einmal im Original auf und verwies auf ihre ständigen Änderungen, mit denen ich zu leben hätte, denn nicht immer würde ich sie erfahren wie jetzt:

WALDEINSAMKEIT

Du grünes Revier, wie liegt so weit
das Land von hier!
Schlaf nur, wie bald kommt der Abend schön,
durch den stillen Wald die Quellen gehen,
die Mutter Gottes wacht,
mit ihrem Sternenkleid bedeckt sie dich sacht
in der Waldeinsamkeit,
gute Nacht, gute Nacht!

Morgen werde ich eine Abhandlung über unser Gestüt und über unsere Pferde niederschreiben – darauf vor allem wartet Truus.

20.03.1932
Unser Gestüt, das, wie ich von Franz erfuhr, seit über 100 Jahren existiert, und zunächst nur Kaltblüter sowohl für den eigenen Bedarf als auch für die Güter der ganzen Umgebung gezüchtet hat, befindet sich zur Zeit im Umbruch und die Dietfurts investieren viel Geld, um Freizeit- und Sportpferde zu züchten.
Ich arbeite vorrangig in den Ställen mit den Kaltblütern. Das sind vor allem die Rassen Polnisches Kaltblut und Freiberger. Das Polnische Kaltblut ist zum Bewirtschaften landwirtschaftlicher Flächen bestens geeignet, da es eine robuste Rasse und hart im Nehmen ist. Bei uns stehen davon 20 überwiegend Fuchs- und Braunschimmel, die sehr gutmütig sind. Der Umgang mit ihnen ist ziemlich problemlos und ich komme von Anfang an gut zurecht, obwohl ich zunächst ob derer Größe und muskulösen Körperbaues ziemlichen Respekt hatte – war ich doch mit Pferden nie in Berührung gekommen. Meine Eltern spannen für die Bewirtschaftung unseres Stückchen Landes die Milchkuh ein und müssen dann natürlich vorübergehend auf einen guten Milchertrag verzichten, Pferde aber können sie sich nicht leisten. In meinem Heimatort Gratz gibt es einige Großbauern, die sich hier Pferde gekauft oder ausgeliehen haben. Das Polnische Kaltblut nimmt den Menschen nichts übel und trotz ihrer opulenten Größe benötigen sie verhältnismäßig wenig Kraftfutter. Wir verfüttern hochwertiges Heu und gutes Futterstroh. Darüber und auch über die Kondition der Pferde wacht sehr sorgsam Jerzy, der auch mich anleitet oder aber mir zur Seite steht.

Jerzy stammt aus Breslau, ist dort in einem Waisenhaus aufgewachsen. Wie ich ist er mit 13 Jahren zu den Dietfurts als Stallbursche gekommen und ist mittlerweile ein Spezialist für die Kaltblüter geworden. Zumindest kommt bei wichtigen Fragen und Entscheidungen der Graf zu Jerzy, oft genug lässt er sich vor Ort alles erklären, und wie ich festgestellt habe, zählt Jerzys Rat.

Jerzy lässt auf die Dietfurts nichts kommen, er ist mit dem Leben auf dem Gutshof sehr zufrieden und verweist stets auf die Möglichkeiten, sich Wissen anzueignen. Oft sehe ich ihn in der Bibliothek – dort durchstöbert er die Fachliteratur über Pferde, die deutsch und polnisch vorrätig ist, wie ich erst kürzlich feststellen konnte.

Als Zusatzverdienst hatten sich noch die Eltern von Hermann von Dietfurt der fleischhaltigen Rasse bedient, indem sie sich auf die Produktion von Schlachtfohlen spezialisierten, was jetzt nur noch gelegentlich vorkommt.

Die Freiberger sind etwas leichter und deshalb als Sport- und Reitpferde gut geeignet. Unsere zehn Freiberger kommen ursprünglich aus der Schweiz und ihre Vielseitigkeit kennt keine Grenzen, so sind sie für die Feldarbeit einsetzbar, bei uns vor allem aber für das Geländereiten. Freiberger sind bestens als Reitpferde zu verkaufen, mein George wartet immer schon auf mich, wenn ich einmal wöchentlich ausreiten darf, was mir Riesenspaß bereitet, Jerzy ist immer dabei. Sie brauchen wie die Polen wenig Kraftfutter, während der Weidesaison jedoch muss bei ihnen darauf geachtet werden, dass sie sich nicht allzu sehr die Bäuche mit Gras vollschlagen, denn das kann sie krank machen. Die Weidesaison fängt für die Freiberger sehr langsam an, zunächst eine halbe Stunde pro Tag, was man dann steigern kann.

In der letzten Zeit lässt unsere Herrschaft oft einspannen

und unternimmt ausgiebige Kutschfahrten, Jerzy hält die Zügel, ich durfte noch nicht mit. Franz reitet auch lieber, als jene Kutschfahrten zu veranstalten, deshalb sehen wir uns in der letzten Zeit oft. Franz' Eltern möchten nicht, dass er allein ausreitet. Ich nehme Schreibzeug mit, um mir Notizen machen zu können, denn die Landschaftsbeschreibung steht noch aus. Über die neuen Vorhaben zur Züchtung von Warmblütern muss ich noch mit Jerzy sprechen, erst dann kann ich Informationen bieten.

30.03.1932
Seit vier Wochen stehen im neuen Stall zwei Schimmel. Es sollen derer noch mehr werden, denn die großen Vollblutaraber will der Graf künftig halten und züchten. Es soll ein lukratives Geschäft sein, da solche Pferde auf dem Markt sehr begehrt sind.
Nachgelesen habe ich Folgendes: Araber sind intelligent und ihr Leistungswille sowie ihre Eleganz unübertroffen. Sie wurden über 200 Jahre lang in den Militärgestüten der österreichisch-ungarischen Monarchie auf der Basis alter orientalischer Blutlinien gezüchtet. Unsere Stutenlinie soll aus einem Gestüt aus dem Tschechischen stammen. Ihr Exterieur vereint viele Qualitäten; die schwungvolle Gänge, Rittigkeit und Springvermögen fördern. Im Distanzsport stellen sie Ausdauer und Härte unter Beweis, ebenso ihr Galoppiervermögen. Ihre robuste Gesundheit ermöglicht das ganze Jahr über Offenstall-Haltung. Das heißt allerdings viel putzen! Von Jerzy erfuhr ich, dass der Graf Personal für seine neue Zucht sucht, aber auch für die Pflege der wohl kostbaren Tiere. Hinzu werden bald mehrere Anglo-Araber kommen, die wir aus der berühmten polnischen Malopolski-Zucht beziehen. Das sollen sehr gute Galopper für Rennbah-

nen sein. Das würde mich sehr interessieren, vielleicht darf ich dort irgendwann arbeiten! Die Anglo-Araber sind eine Paarung aus englischen Vollblütern und Vollblutarabern, seit 1823 gibt es ein sogenanntes Stutbuch. Gefunden habe ich noch in unseren schlauen Büchern, dass diese Araber entstanden sind, als die französische Regierung nach Pferden für die Kavallerie fahndete. Nur gut, dass der Graf Reit- und Sportpferde züchten und ausbilden will, vom Krieg müssten alle die Nase voll haben. Seit ich mit offenen Augen unsere schöne Landschaft genieße und mir meine Arbeit immer mehr Spaß macht, kann ich mir das Zertreten all dessen durch einen Krieg nicht vorstellen. Das kann auch niemals des Menschen Wille sein, des Gottes schon gar nicht. Durch die Beschäftigung mit den Pferderassen bin ich auf ein Buch über den Ersten Weltkrieg gestoßen, in dem ein polnischer Kavalleriesoldat über die Grausamkeiten an der Front berichtet. Mir haben die Pferde leid getan!

02.04.1932
Wir waren wieder im Wald. Diesmal war Franz mit. Der kann singen, dass es aus Wald und Flur nur so zurückschallt. Truus und ich sind beeindruckt.

10.04.1932
Heute hatte Franz während des Ausreitens die Idee eines Wettreitens. Siegerin war zu unserer Verwunderung Truus. Wir saßen alle drei abends noch lange beieinander, denn der Frühling ist in diesem Jahr besonders mild. Eine schöne Stelle zum Sitzen haben wir entdeckt, und zwar bietet uns eine aus Holzstämmen gefertigte Bank zwischen den Ställen und den Unterkünften, welche überdacht ist und den Blick auf die umliegenden Berge freigibt, diese schöne Gelegenheit.

14.04.1932
Franz erzählte uns heute von seinen Plänen, in England Architektur studieren zu wollen. Er reitet zwar gern, aber für das Vorhaben seines Vaters und für das Gestüt selbst hat er kein Interesse. Sein Vater würde also stets auf gut ausgebildete und vertrauensvolle Mitarbeiter zurückgreifen müssen, wie Jerzy und ich welche wären. Hat mir gut getan, so etwas zu hören.

15.04.1932
Heute haben Truus und ich den ganzen Abend am Neueinrichten von Pferdebuchten gearbeitet, denn morgen sollen zwei Araber angeliefert werden.
Unser Zusammensitzen danach war schön. Sie fragte mich nach meiner Familie aus und besteht darauf, dieser bald einen Besuch abzustatten. Mich zieht es ehrlich gesagt nicht nach Hause, denn dort muss ich arbeiten ohne Ende, da mein Vater meint, nur dazu würde ich kommen.
Meiner Frage nach ihrer Familie weicht sie wie immer aus.
Zum ersten Mal saßen wir Hand in Hand auf unserer Bank, ohne so recht gemerkt zu haben, wie es dazu gekommen war.

Kapitel 2

Das Telefon klingelt.
Saskia meldet sich an. Dans Tochter wird mich besuchen. Mein Wuschelkopf gerät in Bewegung und ganz durcheinander.
Tausend Gedanken schießen mir durch den Kopf.
Friseurtermin, Kosmetik, Renovierung der »Wohnung«, neue Möbel anschaffen, einen Gärtner engagieren, Essen bestellen, denn kochen würde ich selbst nicht, es hat mir gereicht, das fast zehn Jahre gegen meinen Willen getan haben zu müssen.
Nach einer Stunde bin ich wieder normal und belasse es bei Reinigungsarbeiten, Einkäufen und meinem persönlichen Herausputzen, was heißt, dass ich meine noch immer sehr langen und lockigen Haare zähme, indem ich sie zu einem Knoten binde.
Saskia kann kommen!
Saskia weilt in meiner Behausung. Ihre mit Respekt und Freundlichkeit gepaarte Haltung mir gegenüber ist hoffentlich nicht nur meiner früheren Geldgabe geschuldet. Das aber wird, zu meiner Beruhigung, nie ein Thema sein. Sie erkundigt sich als erstes darüber, ob und wie das Tagebuch ihres Vaters in meine Hände kam. Ich verstehe nun erst, warum das Ganze so geheimnisumwoben vonstattengegangen war, und nehme mir vor, nach dem Stoff, in dem die Lektüre verpackt war, zu suchen, denn es soll eine Jacke von mir sein, die ich in Bitow oft im Pferdestall getragen hatte.
Eigentlich aber will ich sie nicht finden, schon wegen der Erinnerungen, die schmerzhaft werden könnten.

Nur einen Abend unterhalten wir uns über alte Zeiten, über ihre Familie, über Gesundheitszustände ... Da wir beide im Hier und Jetzt leben, sind wir bald in Gespräche vertieft, die gerade das berühren. Die kluge und sensible Saskia ist eine echte Lebensbereicherung und es zeigt sich auch, dass die junge Frau nach der Beweglichkeit und Jugend im alten Menschen sucht und gespannt, ja begierig darauf ist.

Es stellt sich heraus, dass sie wendebedingt aufzuholen versucht, was die deutsche Literatur des Westens betrifft, und ich, hier kreuzen sich unsere Gespräche heilsam, hole als Hamburgerin die Ostlektüre auf. Saskia arbeitet als Übersetzerin deutscher Gegenwartsliteratur in einem polnischen Verlag und füllt mich aus mit einer Flut von Wissenswertem auch über Eigenheiten deutscher Literatur und Sprache, zugleich aber verdanke ich diesen Literaturgesprächen die Sichtweise zu ändern beziehungsweise variabler zu werden in ihr. Ich liebe die polnische Sprache noch immer und der Eichendorff ist nicht wegzudenken aus meiner Lese- und Empfindungswelt, hat er doch den »Taugenichts« geschrieben ..., aber nun interessiert mich der deutsche »Osten« – literarisch und überhaupt.

Lese, lese und lese, manchmal lasse ich mir vorlesen – Hörbücher, eine gute Erfindung, besonders für lesehungrige Alte, die Brillen und Lupen benötigen. Zum Beispiel höre ich mir die Klassiker an und bin gerade begeisterte Hörerin des Alfred Döblin Romans »Berlin Alexanderplatz« von Ben Becker gelesen. Das macht der grandios.

Verdrießlich bei der jetzigen Literaturaufholjagd machen mich meine Arztbesuche, denn meine Hausärztin rät zu einer intensiven Herzuntersuchung. Sie meinte gar, dass ob meines schwächelnden Herzens ein Schrittmacher nötig sein wird, eine Maschine, die den Herzstillstand verhindern kann. Einschlägige Literatur und Nachschlagewerke bieten keine Antworten auf meine Fragen. Ich finde die medizinischen Ursachen für Herzschwäche und wie ein Herzschrittmacher funktioniert und hilft, aber ob und wie ich mit einem »Kämpfer« im Herzen sterben kann, steht nirgends geschrieben. Das Ende eines Lebens gehört nicht in die Medizin.

Das Herz bleibt stehen, wenn jemand stirbt, es kann aber nicht, wenn es mit einer Maschine angetrieben wird. Es muss jemand diese Maschine abstellen oder die Maschine bringt zusätzliches Leid ... Wer macht das, wer entscheidet das? Diese Hilfskraft möchte ich keinesfalls. Das füge ich auch gleich meiner Patientenverfügung hinzu. Ich möchte sterben wie Josef Knecht, ich sag aber immer – ohne jenen Sprung ins kalte Wasser.

Ich habe also wieder ungestört Zeit, meiner Lektüre nachzugehen. In die Spur »Christa Wolf« und »Maxie Wander« hat mich Saskia geschickt, ich bin ihr sehr dankbar dafür. Die Wolf ist eine ganz Große und Maxie erst! Kleinmachnow, dort lebten beide mit ihren Familien über eine längere Zeit, wird eine Exkursion wert sein, das plane ich. Mich hat diese Literatur erfasst wie einst Bölls »Clown« unter anderem. Eine mir fast unbekannte oder längst vergessene Intensität des Lebens habe ich in dem Briefbüchlein »Sei gegrüßt und lebe«, in dem eine bestehende Freundschaft zwischen Christa Wolf und Brigitte Reimann in Briefen weitergeführt wird, eine Freundschaft, die das Leben reflektiert ohne Schnörkel, ohne Phrasen, gefunden. Neben dem sehr persönlichen Austausch finde ich gesellschaftlich kritische Anmerkungen, insgesamt brillant in der Ausdrucksweise, warmherzig, engagiert agieren diese Frauen, das höchste Niveau besetzend.

Ich bin begeistert.

»Gerade habe ich in meinem Manuskript darüber meditiert, dass es das Ziel des Schreibens wäre, Sprache zu finden für die Veränderungen der inneren Landschaft, die man in dem Augenblick ertappt, da sie vor sich gehen und ehe sie noch an Sprache gebunden sind.« (Christa Wolf an Brigitte Reimann)
Ich bin sprachlos.
»Weißt du, Älterwerden ist merkwürdig und will anscheinend auch gelernt sein: Wie man sich dazu zu stellen hat, dass man nicht mehr so häufig überrascht wird wie früher, dass weder Enttäuschungen noch Freuden dich vollkommen mitnehmen und du in jeder Empfindung eine frühere wiedererkennst. Das ist ja wohl, was man Erfahrung nennt, und man muss höllisch aufpassen, dass es nicht in die Nähe von Gewohnheit und Routine kommt.« Ja! Nie und nimmer hätte ich meine ureigensten Gedanken so ausdrücken können wie Christa Wolf. Für längere Zeit und immer ist sie nun meine literarische Wegbegleiterin. Mit »Kindheitsmuster« und dem »Sommerstück« – im letztgenannten fand ich »Altern ist Rückzug – ohne Pathos und auch nicht tränendick« – geht es weiter.
Der »Störfall« veranlasst mich, noch einmal zu recherchieren, was 1984 in Tschernobyl geschah, und führte mir vor Augen, wie unterschiedlich wir in Deutschland lebten.
Aus meiner Lesewelt mit den entsprechenden Reflexionen, in die ich unmerklich, aber gern abtauche, holt mich ein Brief von Franz. Er bittet mich zu kommen. SCHALOM, unsere Begrüßungs- und Abschiedsformel extra groß geschrieben, hat Wirkung. Schon am nächsten Tag würde ich fahren.

Kapitel 3

04.04.1934
Sind Franz und Roman in unserer abendlichen Runde, sitzt Truus mir gegenüber, und meine Hände zucken zurück, um Truus' Hände, die auf dem Holztisch mit ausgestreckten Fingern ruhen, nicht zu berühren. Bisher war es ein Ritual, ein wahrlich guttuendes. Jetzt aber verbietet sich scheinbar das Berühren. Eine gewisse Scheu breitet sich aus. Truus spürt das auch. Oft richtet sich ihr Blick sehnsuchtsvoll nach meinen Händen. Das Bedürfnis, sich zu berühren, ist es, was Sehnsucht bereitet, nicht das Ritual.

05.06.1934
Truus muss nicht mehr in die Küche. Ihre Freude kennt keine Grenzen, sie singt und springt ganztägig durch die Ställe. Der Chef, wie wir seit geraumer Zeit »den Grafen« nennen, hat ihr erlaubt, Reitstunden zu erteilen, nachdem er bei einem Spazierritt gesehen hat, was sie kann. Kunden sind viele ständig auf dem Hof. Jerzy und ich können es allein auch gar nicht mehr bewältigen.
Außerdem ist Truus von einer Geduld gegenüber den Lernenden beseelt, dass es eine Freude ist, sie bei ihrer Arbeit zu beobachten, was ich ohnedies bei jeder sich bietenden Gelegenheit tue.

06.06.1934
Zu Truus' Kunden gehört nun auch Roman Scheich, der einmal in der Woche einen ganzen Nachmittag bei Truus lernt.

Zumeist sind sie im Gelände, wohin sich auch Franz mitunter anschließt.

20.06.1935
Jerzy, Truus, Franz, Roman und ich hatten heute ein Geburtstagstreffen, Roman ist 18 Jahre alt geworden. Wir entdeckten gemeinsam, dass wir eine besondere Runde sind, eine, die sich durch Religionen, denen wir jeweils angehören, gewissermaßen unterscheidet. Bisher gab es nur die sozialen Unterschiede, in der Truus, ich und auch Jerzy abfielen. Mir wird jedoch in dieser Sekunde klar, dass letzteres nie eine Hürde für Gemeinsames, für Gespräche mit den Themen dieser Welt, die meist Franz, Roman, aber auch Truus anschieben, gewesen sind, dass wir einfach zusammengefunden haben und Trennendes nicht spürten. *Glück*.

21.06.1935
Nochmal zur Geburtstagsrunde:
Roman hatte darauf bestanden, dass seine Geburtstagskerze auf der Menora (noch nie gehört) angezündet wird. Diesen Leuchter hatte er geschenkt bekommen und präsentierte ihn uns. Roman Scheich ist Jude, sagt aber selbst von sich – ohne tiefen Glauben, eher der Tradition und der Eltern wegen, die aber nur freiwillige Handlungen von ihm verlangen. Das ist gut. Ich erinnere mich an meine sonntäglichen Kirchenbesuche, als ich noch zu Hause bei meinen Eltern lebte, die stets Unbehagen bei mir hervorriefen. Ich bekannte mich zum katholischen Glauben mit Abstrichen. Auch Jerzy bekannte sich zu diesem Glauben, allerdings, er betonte es extra, ohne Abstriche. Truus warf lachend ein, dass sie auch eine Art Christin sei, aber der evangelischen Richtung. Sie war so getauft, hatte aber keinerlei kirchlichen Kontakt, so formulierte

sie es. Schließlich überraschte uns Franz mit seinem Satz: Ich bin Heide.
Wir sahen uns fassungslos an. Die Fassungslosigkeit wich einer Erleichterung ohnegleichen. Denn Franz hatte uns wieder vereint und ich habe das Gefühl, auch diese Unterschiedlichkeit kann uns nichts anhaben.

01.07.1935
Franz brachte heute eine druckfrische NSDAP-Zeitung mit. Sein Vater hatte wohl beim Lesen in dieser Zeitung ein paar Mal tief geseufzt.
Er teilte uns dessen Sorgen mit, die sich auf den Fortbestand des Gestüts beschränkte, wohl aber hatte sein Vater auch über Machtgehabe und Schreiattacken der neuen Herren in Berlin geklagt.

02.07.1935
Seit gestern beschleicht mich ein ungutes Gefühl, dass die derzeitigen glücklichen Tage nicht mehr lange währen. Im Nachhinein habe ich auch feststellen müssen, dass sich zum Beispiel Roman gestern nicht beteiligt hat an unserem Gespräch, Truus hatte eher einen traurigen Eindruck gemacht. Heute aber verhalf sie mir zu besserer Laune, sie hatte beim Chef erwirkt, dass sie mich beim nächsten Pferdetransport begleiten darf.

10.07.1935
Nichts wird mit Begleitung.
Der Arzt musste heute kommen, denn Truus ist vom Pferd gestürzt. Zum Glück ist nichts gebrochen, aber Verstauchungen und Prellungen fesseln sie vorerst ans Bett.

11.07.1935
Ich darf Truus jeden Abend besuchen. Traumhaft.

02.08.1935
Die Tage im Stall und im Gelände ohne Truus sind trübe. Der Tag zieht sich in die Länge. Der Abend bei Truus, bis ihre Oma mich wegschickt, verfliegt viel zu schnell.

03.08.1935
Truus liest mir vor aus ihrer Tageslektüre und legt wie automatisch ihre Hand in meine, wenn ich an ihrem Krankenlager sitze.

10.08.1935
Roman hat heute den Abend bei Truus verbracht. Ich musste einen Pferdetransport begleiten. Bin traurig und ein wenig neidisch auf Roman, der mit seinen dunklen Augen und dem schwarzen Lockenkopf ein richtig schöner Junge ist.

24.08.1935
Morgen arbeitet Truus wieder, der Arzt hat grünes Licht gegeben.

30.08.1935
Es ist passiert. Wir lieben uns. Truus hat mir ihre Liebe gestanden und wir wollen uns nicht mehr verstecken. Was Mann und Frau tun, wenn sie sich lieben, damit warten wir noch. Ich bin glücklich wie noch nie! Truus' Blicke lassen mich schweben.

Ostern 1936

Roman hat für unsere Runde den Tisch gedeckt – ganz jüdisch. Neben jedem Gedeck lag ein Büchlein. (Nachfrage: Haggada, hebräische Pessach-Osterlegende) Roman erklärte uns die Leseweise dieses hebräischen Textes von links nach rechts – spannend – und las vor.

Hätte Roman nicht direkt neben mir gesessen, dann würde ich ihn in eine andere Welt eingeordnet haben. Mit tiefer Stimme zelebrierte er, machte er sich lustig? Niemand aber lachte, im Gegenteil, eine äußerst feierliche Stimmung schien uns erfasst zu haben.

Die deutsche Übersetzung war jeweils daneben zu finden und ich vertiefte mich irgendwann in den Text: Auszug der Juden aus Ägypten. Alles im Text Gefundene stand auf dem Tisch: Zwei Platten belegt mit drei Mazzen, das sind flache, papierdünne Osterbrote, übersät mit kleinen Einstichen, weil sie sich sonst beim Backen verformen und hochwölben würden. Auf der zweiten Platte liegen Kräuter, ein Knochen, ein hartes Ei und eine Mischung aus Äpfeln, Nüssen, Wein und sehr exotischen Gewürzen. Roman hatte alles von seiner Mutter für uns herrichten lassen und Truus' Oma staunte als gestandene Köchin, was es alles so gibt, und ließ es sich umfassend und haarklein erläutern. (So konnte ich für mein Tagebuch vieles erfassen.)

Truus' Augen leuchteten beim Zuhören. So wie es mir immer vorkommt, wenn sie liest, kann sie sich wohl richtig hineinversetzen, sich alles lebendig vorstellen.

Ich liebe sie.

Ich schreibe fleißig mit und finde es äußerst interessant, es erfasst mich aber nicht so wie Truus.

Die Mischung auf der zweiten Platte, Charosset genannt, symbolisiert den Lehm, mit welchem die jüdischen Staatssklaven in Ägypten die Städte Pitom und Ramses erbauen mussten. Das Ei wird mit einer Salzlösung übergossen und bedeutet Trauer und Bitternis.

Zur Speisefolge gehört auch gefilter Fisch. Das ist Flusskarpfen mit Zwiebeln und Semmelbrösel, feinst zerhackt und gewürzt und zu Fischscheiben verarbeitet. Zu den gekochten Fischscheiben (nicht gebraten, deshalb ist auch alles sehr blass) bekamen wir einen frisch gebackenen Eierzopf.

Neugierig kosteten wir von allem und da es noch Wein gab, endete dieser Abend sehr lustig. Wir wurden durch Roman in die Jüdische Gemeinde, der Roman selbst gar nicht angehörte, aufgenommen.

Unser Gruß ist jetzt: SCHALOM (heißt: Friede sei mit dir/euch). Jerzy allerdings grüßt so nicht, aber wir haben dies ja auch nicht zur Pflicht erhoben. Jedenfalls lächelt er, wenn ich ihn so grüße.

20.05.1936
Heute kamen Truus und Roman strahlend vom Ausreiten zurück. Roman hat sie beim Wettreiten erstmalig überholt. Truus lobte ihn.

21.05.1936
Unsere Hände liegen ineinander. Ihre Wärme strömt auf mich. Keiner in der Runde stört unsere Berührung, es wird lächelnd geduldet. So sitzen wir jetzt fast immer.

30.06.1936
Truus überraschte uns heute mit Bibelversen, mit meinen. Leider berührten sich unsere Hände nicht ein einziges Mal in dieser Runde.
Aus »Der Prediger Salomo«, 1. Kap., Ecclesiastes, Bibel, AT

(die Zu- und Einordnung stammt von Truus, ich hatte keine Ahnung):
»1. Kapitel: Dies sind die Reden des Predigers, des Sohnes Davids, des Königs zu Jerusalem. Was hat der Mensch für Gewinn von all seiner Mühe, die er hat unter der Sonne? Ein Geschlecht vergeht, das andere kommt, die Erde bleibet ewiglich. Die Sonne gehet auf und gehet unter und läuft an ihren Ort, dass sie wieder daselbst aufgehe. Alle Wasser laufen ins Meer, doch wird das Meer nicht voller; An den Ort, wo sie herfließen, fließen sie wieder hin. Wo Weisheit ist, da ist viel Grämens, und wer viel lernt, der muss viel leiden. 2. Kapitel: Denn ein jeglicher Mensch, der da isset und trinket, und hat guten Mut in aller seiner Arbeit, das ist eine Gabe Gottes.«

Sind das tröstende Worte, einfache Lebensweisheiten, sind das unterstützende Worte von Truus' Theorie, Gott sei eine Idee des menschlichen Lebens, sind die Sinnsucher in der Spur oder ...? Ich musste sie jedenfalls dereinst lernen.
Ach, Schalom für heute!

02.06.1936
Ein schlimmer Tag für mich: Jerzy wird uns verlassen. Er hat auf einem 1000-Tonner-Frachter angeheuert und kann eventuell eine Ausbildung zum Steuermann absolvieren. Diese Frachtkähne transportieren unter anderem Steinkohle auf dem Klodnitz-Kanal bis zur Oder und weiter. Auf alle Fälle kann man richtig Geld verdienen.

10.07.1936
Das Abschiedsfest gestaltete sich verhalten. Jerzy ist erpicht auf seinen Neuanfang, er scheint sich von den Pferden inner-

lich längst gelöst zu haben. Sein erstmaliges »Schalom« beim Abschied werde ich nicht so schnell vergessen. Truus brachte ihn zum Bahnhof. Er wird uns besuchen, fest versprochen. Schalom.

01.09.1936
Fast alle unsere Pferde werden eingeritten und abgerichtet für den Empfang Hitlers, der Ende September nach Breslau kommt. Uniformierte treffen sich zuhauf bei uns und werden eingewiesen. Spaß macht es uns nicht, den Pferden ihren eigentlichen Rhythmus zu nehmen. Wir sind in diesen Tagen kein Gestüt mehr, eher ein Reitstall. Mir gefallen die neuen Reiter nicht. Diese Uniformen, diese Deutschtümelei, so nennt der Graf das Verhalten der Pferdepächter. Es scheint jedoch ein gutes Geschäft zu sein. Truus und ich sind von früh bis spät ausgebucht, Reitstunden zu erteilen und Pferdetransporte zu begleiten. Unsere Pferde sind begehrt bei den neuen Herren. Einige Uniformierte bestehen auf deutschem Personal, der Graf stellt uns als solches vor.
Truus verliert ihr Holländisch, ich mein Polnisch – im Dienst.

02.02.1937
Wir treffen uns jetzt intensiver und lieben uns bis zur Besinnungslosigkeit, kleben wie Kletten aneinander und trennen uns nachts nur noch selten.

03.02.1937
Franz lässt sich kaum noch sehen, auch Roman nicht. Beide absolvieren ihre Abiturprüfungen. Danach werden sie in England studieren.

04.03.1937
Eine letzte Reitstunde mit Roman und Franz.
Neidisch lauschte ich den erwartungsfrohen Worten Franz',
der zum Architekturstudium in London zugelassen ist. Roman will wie sein Vater Zahnarzt werden.
Jeden Sommer sehen wir uns.
Schalom.

05.03.1937
Vorige Nacht lagen wir weinend beieinander. Mir fielen eigentlich keine triftigen Gründe für die Tränen ein, aber sie flossen.

01.01.1938
Ich hatte heute einen Termin beim Grafen und war in seinem Büro. Er will meine Ausbildung forcieren, wie er sich ausdrückte und mich zum »Studium« in Sachen Pferde schicken. Die aufflammende Freude wich rasch der Ernüchterung, dass ich dann Truus nicht bei mir habe. Das kann ich mir nicht vorstellen.
»Dan, es gibt in der Schweiz die Möglichkeit, eine Ausbildung zum Halter und Züchter von Haflinger-Pferden zu absolvieren. Ich habe an dich gedacht. Die Ausbildung würde ich dir finanzieren.«
»Ich soll in die Schweiz?«
»Ja, du.«
»Mit Haflingern habe ich bis jetzt nichts zu tun.«
»Nein, aber du wirst es lernen, das ist eine richtige Ausbildung. Du bis dann ein Fachmann, später wirst du hier im Gestüt die Verantwortung für diese Rasse übernehmen.«
»Aber ich habe hier so viel zu tun.«
»Der Ersatz steht schon vor der Tür, Frank und Max werden

Truus und die anderen unterstützen.«
»Truus könnte nicht etwa mit in die Schweiz?«
»Nein, aber du kommst doch wie Franz, Roman und Jerzy auf Urlaub und wirst sie dann sehen.«
»Muss ich mich sofort entscheiden?«
»Nein, morgen.«
»Danke, Herr Graf und Schalom.«
»Dan, diesen Gruß mal besser nicht mehr verwenden. Es ist ein jüdischer, den hören hier einige nicht gern.«

02.01.1938
Haflinger sind Wander- und Gebirgspferde, die sich sehr gut reiten lassen, sie sind einfach zu halten. Der Warmbluttyp ist ein Allrounder und sehr genügsam. Erfahren hab ich, dass der Graf wohl auch an das zarte Fleisch der Haflinger-Fohlen denkt. Ein Thema auch soll die Stutenmilchproduktion sein mit Aussicht auf beste Vermarktung.

10.02.1938
Eine Woche musste der Graf auf mein »Ja« warten, denn Truus war einerseits traurig, feuert mich aber regelrecht ob der Chance, die ich bekomme, an, in die Schweiz zu gehen. Eine Woche also Selbstzweifel und Trauer darüber, getrennt von Truus sein zu müssen. Als Fachmann werde ich zurückkommen und meiner Truus einiges bieten können. Am 1. September 1938 trete ich meine Ausbildung in der Schweiz an.

02.08.1938
Glücksmomente wie diese wird es selten im Leben geben. Franz, Roman, Jerzy, Truus und ich sitzen in der Bibliothek und sprechen vom Abschied. Schalom.

Franz und Roman studieren in London und haben eine gemeinsame Bleibe gefunden. Jerzy befindet sich mitten in der Ausbildung zum Steuermann, sein Traum scheint in Erfüllung zu gehen. Alle freuen sich über meine Perspektive. Wir stoßen immer und immer wieder auf unser Glück an und freuen uns an uns.

So wird es im nächsten Jahr wieder sein. Schalom.

Kapitel 4

Franz empfängt mich in der Bibliothek.
Seine traurigen Blicke, seine schlappe Haltung lassen mich ahnen, dass er mich zum Abschied gebeten hat. Sein Krebs, den er glaubte besiegt zu haben, hat erneut Metastasen gestreut und jetzt säßen sie überall.
»Lass uns jetzt aber bitte nicht über dein Vermögen und den Nachlass reden. Erzähl mir, was die Ärzte raten und unternehmen und wie ich dir helfen kann.«
»Das hatte ich nicht vor. Mir bleibt eine begrenzte Zeit und ich wünsche mir, dass du mich nach London begleitest, wenn du dich in der Lage fühlst.«
»Warum nach London?«
»Vor Ort werde ich dir das erklären.«
»Gibt es dort noch eine Überraschung für mich?«
»Meine große Sehnsucht ist es einfach, mit dir dort zu sein.«
»Ich kenne deine Studienstätte nicht.«
»Das stimmt.«
»Ich habe also keinerlei Beziehung oder aber Erinnerungen.«
»Vor Ort werde ich dir alles erzählen.«
»Warum soll ich dabei sein, nimm dir eine Krankenschwester mit.«
»Erfüll mir den Wunsch, bitte.«
»Es ist also wahr, kurz vor dem Tod wird der Mensch sentimental.«
»Damit hat das alles nichts zu tun.«
»Womit denn?«
»Es ist eine Freude, die uns dort erwartet, und die möchte

ich mit dir teilen.«
»Du hast viele Jahre nichts mit mir geteilt, wenn überhaupt.«
»Diese Reise, diese Freude betrifft dich. Lass uns unsere Freundschaft von einst noch einmal erstehen und komm mit, bitte. Schalom!«
»Ich habe Angst.«
»Wovor?«
»Roman Scheichs wegen.«
»Also.«
»Was, also?«
»Dann reisen wir nicht nach London?«
»Doch, es gibt dort neben Schmerz noch große Freude.«
»Du willst es mir nicht verraten?«
»Lass mir die Freude, in London eine große mit dir zu teilen.«
»Dan ist tot.«
»Ich weiß.«
»Wie und wann hast du davon gehört?«
»Wir hatten einigen Kontakt, wir waren Freunde, vergiss das nicht.«
»Schalom, wir fahren. Wann?«
»Morgen.«

In Warschau steigen wir ins Flugzeug und werden in London abgeholt. Ein alter Mann in langem schwarzen Mantel, elegant wirkend und doch, so wie wir auch, alt, gebückt, verbraucht, ein wenig sogar entrückt. Die Augen aber leuchten. Ein tiefes Braun in ihnen flackert auf, als wir vor ihm stehen. Erst jetzt sehe ich, dass er schwankend vor seinem Rollstuhl steht und jede Sekunde umzufallen droht. Er breitet die Arme mit einer solch letzten Kraft für mich aus, dass ich in sie sinke, ohne zu wissen, wer mich so heiß empfängt. Ich

fühle Jugend und Stärke, denn er lässt sich von mir halten. Es dauerte einige Zeit und ich höre das leise Schluchzen des Mannes, sehe die verweinten Augen Franz' und höre schließlich ein dahingehauchtes Schalom. Was jetzt an mein Ohr dringt, bringt mir schlagartig die Gewissheit, dass Jerzy in meinen Armen liegt. Ich fasse es nicht.
»Jerzy! Jerzy!«
»Ja, ich.«
»Schalom.«
»Schalom.«
»Dass du da bist ...«
»Franz hat ...«
»Ich weiß.«
»Ich freue mich.«
»Es war mein Wunsch, dich zu sehen.«
»Er hat mir nichts verraten.«
»Ich weiß.«
»Truus, meine große Liebe.«
»Wie?«
Ich bin weggegangen, um eure Liebe nicht zu stören, deine zu Dan.«
»Mir ist das nicht aufgefallen, dass du ...«
»Ich weiß, deshalb ja.«
»Schalom«, ertönte es nun auch von Franz' Seite und Jerzy sank in seinen Rollstuhl. Plötzlich erschien seine Gestalt rüstig trotz Rollstuhl.
Wir fuhren ins Hotel und trafen uns am Abend. Es sollte ein ausgelassener Abend werden. Jerzy führte das Wort und Franz ermunterte ihn zu erzählen. Jerzy ist Engländer geworden und meine Fassungslosigkeit, dass er noch lebt, dass er in mich verliebt war und uns nun in London bewirtet, weicht langsam einer Gelassenheit, die anheimelnd ist und die ich

so noch niemals empfand. Seinen Bericht beginnt Jerzy in Polnisch, dem aber kann Franz nicht gut folgen und auch mein Polnisch ist im Verschwinden, also muss Jerzy auf Deutsch übergehen, wodurch der Bericht wohl seine nicht gewollte Kürze erfährt. Später sprechen wir zwischen Sekt und Kaviar Polnisch und Englisch. Jerzy fühlt sich sichtlich wohler in diesen Sprachen.
Verliebt habe er sich in mich, so Jerzy, als wir in Bitow in abendlicher Runde zusammensaßen und ich die Bibelverse rezitierte. Er hub an: »Ein jegliches hat seine Zeit, und alles Vornehmen unter dem Himmel hat seine Stunde. Denn ein jeglicher Mensch, der da isset und trinket, und hat guten Mut in aller seiner Arbeit, das ist eine Gabe Gottes ...«
Die letzten Verse spreche ich murmelnd mit. Dann tritt Stille ein. Wir schauen uns an und waren eins miteinander. Diese Bibelverse hätten ihm nicht nur immer wieder mein Bild zurückgebracht, sondern in schweren Stunden geholfen und Glück gebracht. Nun sprudelt es aus ihm heraus und es bedurfte keinerlei Ausschmückung. Ich erinnerte mich. Jerzy hatte 1941 bei einem Kurzbesuch in abendlicher Runde nach reichlich Alkohol mit gelöster Zunge erzählt und erzählt. Er lenkte Frachter mit kriegswichtigem Material aus Schlesien ins Reich und einiges wusste er mehr vom Krieg als wir. Franz war an jenem Abend auch da, daran konnte ich mich wieder erinnern. Er studierte nach wie vor in London und verdiente sich auch dort manches Pfund nebenbei. Ein Stallbursche von uns, der Helfer in der SA war und mitunter auch zu Einsätzen ausrückte, hatte Jerzy noch in der Nacht angeschwärzt, u. a. weil er, der es nie – und wir saßen oft zusammen – ausgesprochen hatte – unser Schalom, ständig Schalom gerufen und Roman Scheich herzlich als unseren Juden erwähnt hatte. Jerzy wurde in den frühen Morgen-

stunden abgeholt. Franz hatte kurze Zeit später alles versucht, Jerzy zu helfen, ohne dass er erfahren hätte, dass seine Aktion hilfreich war.

Jerzy war nach Breslau in ein Sammellager gebracht worden, wo er gemeinsam mit Juden, die auf ihren Abtransport warten mussten, interniert war. Schließlich war er in das sogenannte Zwischenlager Tormersdorf gekommen. Franz, der wegen seines Freundes Roman Kontakte zu Leuten aufgenommen hatte, die Papiere fälschten und die damit vielen Juden das Leben retten konnten, ließ nun für Jerzy selbige anfertigen. Auf die Schnelle waren Papiere entstanden, die Jerzy als Engländer mit Arbeitserlaubnis für Deutschland ausgaben. Jerzy war klug genug, diese erst zu gebrauchen, als ihm die Flucht beim Abtransport nach Litauen gelungen war. Jerzy hatte nie erfahren, ob er selbst in den Zug nach Litauen hätte einsteigen müssen oder ob er, wie einige, die wie er verpfiffen worden waren, in ein Gestapogefängnis gekommen wäre. Unter den Bewachern der jüdischen Gefangenen gab es einige Polen, die Jerzy vielleicht sogar die Chance zur Flucht ermöglichten mit dem Auftrag, von einem abseits gelegenen Gehöft Trinkwasser zu besorgen. Wie auch immer. Mit den Papieren gelang es ihm, nach England zu kommen. Als Steuermann wusste er, wie man auf ein Schiff kommt. Seine englischen Sprachbrocken halfen ihm, dem eher Schweigsamen. Dem Wiedererstehen unserer Freundschaft bahnte sich mein Herz rasch einen Weg. Franz hatte meinen Blick empfangen und schien froh. Und dennoch kroch in mir ein sehr unbestimmt düsteres Gefühl hoch, ich hatte nichts bemerkt von allem, war nicht einbezogen worden, nicht informiert ... Mein Leben war weiter, fast sorglos zu nennen, dahingeplätschert.

Ich erhob wie im Traum mein Glas und pflichtete Franz und

Jerzy bei, dass wir allen Grund zur Freude und zum Feiern haben. Ich sehnte mich nach meiner Höhle in Hamburg, nach meiner Lektüre, nach meiner Einsamkeit.
Flucht wie immer?

Kapitel 5

02.03.1942
Fast vier Jahre habe ich kein Wort niedergeschrieben, denn meine Traurigkeit ist groß. Bei der Arbeit kann ich vergessen. Die Ausbildung habe ich abgeschlossen, mein Ausbilder konnte mich überzeugen zu bleiben. Auch Graf von Dietfurt hatte es mir eindringlich geraten, zumal er in Bitow nicht mehr dazu käme, mit der Haflinger-Zucht zu beginnen. Er hatte mir auch davon erzählt, dass in Schlesien die Polen eingedeutscht werden, damit sie zur Wehrmacht gezogen werden können.

Auf diesen Krieg habe ich wahrlich keine Lust.
Die eigentliche Botschaft, die fast einen Herzstillstand bei mir ausgelöst hat, war – dass Truus mit Franz verheiratet ist.

20.03.1942
Ich bin als fester Mitarbeiter eingestellt und verdiene nun endlich eigenes Geld. Das macht mich sehr stolz, zumal ich die Zucht der Haflinger hier verantworte und als Einziger das Zuchtbuch führe. Ende nächsten Jahres kann ich einen Monat urlauben. Ich werde meine Freunde wiedersehen, auch wenn es schmerzt, Truus im Arm eines anderen sehen zu müssen.

02.07.1942
Gestern erfuhr ich, dass mir der Graf die Ausbildungskosten erlassen würde. Ich kann also ganz für mich sparen, ich habe meine Pläne.

03.07.1942
Von früh bis spät habe ich zu tun, bin für Haflinger schlechthin ein Fachmann geworden und reise in der Schweiz herum.
Es geht mir gut, auch wenn ein Teil von mir in Bitow ist. So wird es bleiben.
Die Schweiz ist ein neutrales Land. Meinen Antrag auf die Schweizer Staatsbürgerschaft habe ich abgegeben.
Ich hole Truus und ihre Oma hierher, wo sie sicher sind.

10.08.1942
Meine Ersparnisse wachsen. Manchmal erwische ich mich dabei, die Zukunft mit Truus zu planen. Die schönsten Plätze der Schweiz sind ausgewählt. Ich möchte mit Truus Kinder haben.

24.08.1942
Habe Truus gesehen, sie beobachtet!
Es hat sich einiges verändert in Bitow. In den Ställen sind Uniformierte. Die SA geht aus und ein bei Dietfurts. Der Gruß »Heil Hitler« schallt schroff über die Höfe. Truus bewohnt eine ganze Etage im Herrenhaus über der Bibliothek. So wie sie angezogen ist, verrichtet sie keine Stallarbeit mehr.
Ich habe mich ihr nicht genähert.
Es scheint ihr an nichts zu fehlen. Das beruhigt mich.

Kapitel 6

Zurück aus London komme ich dem Wunsch Franz' nach und bleibe einige Tage in Warschau. Er bekommt starke Schmerzmittel und die Zeiten, in denen es ihm einigermaßen geht, schrumpfen. Wir sitzen beieinander und Franz erzählt, was er mir nie erzählen wollte:
Verliebt hatte er sich wie Jerzy an einem der Abende ...
Meine von Vorurteilen freie Offenheit habe ihm am meisten imponiert. Seine Eltern waren mir und meiner Großmutter sehr zugetan. Ans Verloben oder gar Heiraten habe er aber nie gedacht. In London habe er manche Ablenkung gehabt und mit einer Kommilitonin ein gemeinsames Kind, einen Sohn, der leider bereits verstorben sei.
Die Liebe Dans zu mir war also kein Problem für Franz.
Etwa 1939/40 aber änderte sich durch neue Gesetzeslagen die Situation. Die schlesische Bevölkerung wurde polizeilich erfasst und – um die Wehrpflichtigkeit nicht unnötig zu erschweren – wurde, wer nicht gerade jüdisch oder kommunistisch war ..., eingedeutscht. 97 Prozent im erweiterten Oberschlesien soll damals für deutsch erklärt worden sein. Auch deshalb hätte sein Vater versucht, Dan am Zurückkommen zu hindern. Auch die Viestens seien erfasst worden. Von mir unbemerkt, war meine Oma, Elsa Viesten, wiederholt zu den Behörden bestellt worden und sie wandte sich schließlich mit der Bitte um Hilfe an seine Eltern. Sie durfte es nämlich keinesfalls riskieren, dass die Nazibehörde recherchiert, da meine Eltern wegen sogenannter kommunistischer Umtriebe verurteilt worden waren.

Wie Schuppen fiel es mir von den Augen. Die lange Reise mit meiner Oma nach Bitow. Die kleine Kate, in der wir dann einige Zeit hausten, und schließlich die Wohnung hinter dem Küchentrakt bei den Dietfurts. Meine Oma hatte es verstanden, alles Fehlende zu kompensieren. Sie deckte mich ein und ab mit Fürsorge und Liebe, sodass ich nie fragte nach meinen Eltern. Irgendwie hatte ich mir vorgestellt, sie seien im Himmel und würden auf mich achten. Oma hat nie widersprochen, wenn ich ihr davon erzählte.
Sie hat mich ewig als beschützenswertes Kind behandelt. Wieder kriecht in mir dieses unbestimmt düstere Gefühl hoch, das körperlich wehzutun beginnt.
Franz selbst hatte vorgeschlagen, mich zu heiraten, dann wären alle Probleme aus der Welt. So war es auch. Die Vernunft oder der Retterwille allein wären es aber nicht gewesen, durchaus auch Liebe.
Ein Geständnis schloss er in einem Atemzug an: Meine Oma habe seit der ersten Vorladung wegen der amtlichen Erfassung in Breslau alle Briefe von Dan abgefangen und auch die Dietfurts darum gebeten, darauf zu achten, dass in meine Hände kein Brief mehr von Dan geraten kann ...

Mein Körper »bricht« zusammen, mein Geist setzt aus.
Und trotzdem sitze ich aufrecht im Hotelsessel, den ich irgendwann verlassen haben muss. Bei mir bin ich erst wieder im Zug nach Hamburg.

Kapitel 7

05.06.1943
Ich habe wieder begonnen, Truus zu schreiben, wobei ich so tue, als würde ich mich abgefunden haben mit ihrer Ehe und beteure, wie froh ich bin, sie in Sicherheit und in guten Händen zu wissen. Ich gebe nicht auf.

06.06.1943
Die Papiere über die Ausfuhr einiger Pferde fielen heut in meine Hände. Die Transporte gehen in alle Welt. Auffällig aber ist, dass in letzter Zeit verstärkt deutsche Adressaten auftauchen. Wir unterstützen geschäftstüchtig die Kriegstreiber. Mein Sinnbild für Krieg steht seit einer Lesung während unserer abendlichen Runden, die fast immer Truus vorbereitet hat, fest.
Ich erinnere mich in letzter Zeit verstärkt an jene Wolfgang-Borchert-Lesung und daran, wie erschütternd die Erlebnisse und das Schicksal des Beckmann (an den Titel dieses Theaterstückes kann ich mich nicht mehr erinnern und recherchieren ist hier nicht – es gibt kaum Bücher!) waren und wie erschüttert Truus selbst immer wieder ihren Vortrag unterbrechen musste.
Ich liebte sie in solchen Situationen – unendlich! Und auf einmal bin ich dankbar dafür, sie in Sicherheit zu wissen.
Auch ohne Ablesetext konnte Truus Borchert zitieren: Tote, Halbtote, Granatentote, Hungertote, Bombentote, Verzweiflungstote, Verlaufene, Verschollene ...
Mein bleibendes Sinnbild für Krieg.

10.07.1943
Franz hat mich um Hilfe gebeten. Roman Scheich ist in Gefahr. Leider habe ich die Schweizer Staatsbürgerschaft noch nicht, damit würde sich alles leichter gestalten.
Ich soll Vorsorge – nur erst einmal Vorsorge – treffen, Roman aufzunehmen. Eine Unterkunft also wird gebraucht – meine, ist doch klar.
Romans Eltern und seine Schwester sind bereits abtransportiert worden. Roman ist mit Franz aus England eingereist. Die Einreise klappte, aber nun?

15.07.1943
Mit verheerenden Meldungen, was mit den Juden geschieht, bin ich konfrontiert. Mir wird himmelangst. Die Schweizer wissen sehr gut Bescheid, aber halten sich raus.
Ich bin bei den Heraushaltern, bin selbst einer.

31.07.1943
Roman sei glücklich und sicher untergetaucht. Ich soll bald mehr erfahren.
Erleichterung – und was für eine!

Kapitel 8

Franz ruft. Er stirbt. Ich fahre nicht. Dan hatte nicht einmal gerufen, auch sonst niemand.
Ich halte den Brief von Franz in der Hand mit wohl der letzten Wahrheit, ahne ich. Die Wahrheit über Romans Tod, Franz hatte es mir versprochen!

Liebe Truus!
Roman hatte es nicht wahrhaben wollen, dass seine Familie deportiert worden war. Durch die Arbeit seines Vaters, der als Zahnarzt für eine gewisse Zeit unabkömmlich war, hatte die Familie einen Sonderstatus bekommen, der aber nur ein Jahr währte. Er wollte persönlich versuchen, dem Transport zu folgen und irgendwie aufzuhalten, um seine Lieben zu retten. Der blanke Wahnsinn, aber er ließ sich von niemandem abhalten, sodass ich ihm eine gewisse absichernde Begleitung zusicherte. Bei diesem Gedanken überfiel mich eine Todesangst, die ich noch niemals fühlte, wohl konnte ich nun Romans Ängste besser verstehen als je zuvor, aber mutiger machte mich das auch nicht. Ich hielt aber durch.
Ins Land kamen wir unbehelligt, aber alle Unternehmungen waren aussichtslos und lebensgefährlich für alle Beteiligten, nicht nur für Roman.
Rasch musste sich Roman versteckt halten und ich hatte Dan eingeweiht, dass er in der Schweiz Romans Untertauchen vorbereiten sollte. Meine Eltern zitterten, wenn ich Romans Versteck, das ehemalige Zimmer Dans, das zwischen den Stal-

lungen versteckt lag, wie du weißt, aufsuchte und ihn versorgte. Es passierte lange Zeit nichts. Roman hatte auch jegliches Unterfangen, seiner Familie helfen zu können, aufgegeben. Es schmerzte ihn sehr und er fiel in tiefe Depressionen. Sein Äußeres hatte sich stark verändert. Seine Lockenpracht war regelrecht zusammengesunken und graue Haare vermischten sich mit dem einst schwarzen Haarschopf. Romans leuchtende Augen waren tief in die Augenhöhlen gesunken und schauten mich stumpf an. Wie aus der Ferne kam eine Stimme, kamen seine Reaktionen.

Ein einziger Ausweg eröffnete sich uns, die Rückreise nach London anzutreten. Die Papiere dafür waren gefälscht wie bei der Einreise, aber es hatte ja geklappt. Die Rückreise sollte wie bei der geglückten Einreise ein Stück per Schiff auf der Oder und auf der Maas bis Rotterdam und dann per Fähre nach Dover erfolgen.

Am Morgen der Abreise eröffnete er mir, dass er unbedingt allein reisen wolle. Begründungen gab er keine ab. Er bestand einfach darauf und erschien mir stark und entschlossen. Er sah niemandem von uns in die Augen und der Abschied erfolgte hastig, so als würden wir uns in absehbarer Zeit wiedersehen. Das war so geplant.

Ich weiß bis heute nicht, wie er aus seinem recht sicheren Versteck einen Wagen besorgen konnte, der ihn abholte. Eine diesbezügliche Frage beantwortete Roman nicht. Es war eine gefühlte Wand zwischen uns entstanden, die mir großen Schmerz bereitete.

Dennoch, und das gestehe ich Dir, Truus, war ich froh, als er weg war. Auch froh darüber, dass Du nichts mitbekommen hast. Du warst gerade mit der Renovierung Deiner ehemaligen Bleibe hinter dem Küchentrakt beschäftigt. Dort sollte die polnische Köchin, die ihre Wohnung verloren hatte, wohnen. Ich

glaube, Du hattest Freude am Helfen, und wenn ich Dich im Umgang mit deren Kindern gesehen habe, konnte man meinen, es seien Deine. Sicher hast Du sie beizeiten in die Bibliothek geschleppt.
Am Tage Romans Abfahrt jedenfalls verharrte ich in großer Anspannung in meinem Zimmer, aß nichts, rührte mich nicht. Mein Vater hatte Romans Versteck geräumt, gereinigt und als Verschlag eingerichtet, wo Utensilien der Reiter Aufbewahrung finden können. Wir hörten erst einmal nichts und klammerten uns an die Hoffnung, alles sei gut gegangen. Kurze Zeit später reiste ich ab und musste erst in unserer Londoner Wohnung feststellen, dass diese nicht von Roman frequentiert worden war. Ich holte vorsichtig, aber intensive Erkundigungen ein. Von Roman aber gab es weder bei unserem Oder-Kapitän, noch auf der Fähre irgendeine Spur.
Ein Augenzeuge berichtete uns viel später, was geschehen war. Roman ist nur bis Trzebnica gekommen. Er wurde von vier Männern in SS-Uniformen aus dem Auto gezerrt und an Ort und Stelle so zusammengeschlagen, dass er verstarb.
Der Zeuge erzählte uns, dass die Mordschergen den leblosen Körper auf einen Lastwagen warfen und wegbrachten. Wohin? Ich weiß es nicht, habe nie danach geforscht. Er möge in Frieden ruhen. Es vergeht kein Tag, an dem ich nicht an Roman denke.
Truus, ich bin Dir nicht böse, wenn Du nicht kommst. Du lebst, bist fit und das ist mir sehr wichtig. Vielleicht lebst Du, weil Dir der Hauptfluss des Lebens verborgen blieb. Fang mit dem Rest Deines Nebenflusslebens noch was Gescheites an!

Leb wohl und SCHALOM!
Dein Franz

Kapitel 9

Eine große Stille umfasst mich, eine, die mich versöhnt und gleichzeitig vereint mit dem Erdgeschehen. Und gegen jede andere Vermutung, dass ich in Verzweiflung gerate, bekomme ich Lust auf Zukunft.
Die Kleinmachnow-Expedition wird vorbereitet!
Das Lesen und Recherchieren für diese wird einige Zeit in Anspruch nehmen, denn beschaffen und lesen muss ich die neueren Ausgaben von Christa Wolf und Maxie Wander (auch die von Fred Wander, für den schon ein besonders schönes Exemplar eines Hühnergott-Ostseesteines fürs Grab bereitliegt, denn seit einiger Zeit ist auch Fred Wander auf dem Waldfriedhof zu Kleinmachnow begraben, nachdem er mit Susanne nach Maxies Tod 15 Jahre in Wien gelebt hatte). Fred Wanders Bücher »Zimmer in Paris«, »Bandidos«, »Der siebte Brunnen«, »Das gute Leben« sind zu lesen und immer wieder stoße ich auf Brigitte Reimann, von der ich nun neben den bereits gelesenen Briefen und Erzählungen die Romane »Franziska Linkerhand«, »Ankunft im Alltag« und »Frau am Pranger« lesen will.
In der Hand habe ich gerade Wanders »Ein Leben ist nicht genug!« (Luchterhand) mit dem Vorwort von Fred.
Ich bleibe natürlich »hängen«!

»9. September 1976 ...«
... und ich denke an meine Zeit jenes Jahres.
Mein Hamburger Leben war sorglos und für meine Verhältnisse ausgefüllt. Beschäftigt war ich pausenlos mit der »Auf-

stockung« meiner Bibliothek, in der es komischerweise keine »Pferdelektüre« gab, aber auch mit dem Beschaffen antiker Möbel und dem Gestalten und Pflegen unseres Garten-Parks. 1976 setzte ich mich für fast zwei Jahre als Gasthörerin in die Psychologievorlesungen an der Hamburger Uni, wodurch meine Bibliothek sehr rasch anwuchs.

Ehrlich muss ich zugeben, dass jene Wissenschaft sehr interessant ist, aber nicht immer verständlich, sodass einige Lektüre nur kursorische Durcharbeitung erfuhr. Länger hielt ich mich bei Freud auf. Später stürzte ich mich auf Friedrich Nietzsche.

Weimar, wohin ich damals gern sofort gefahren wäre, blieb unerreicht, das könnte ich in mein Programm noch aufnehmen!

Nietzsches Leben erfuhr in seinen letzten (fast zehn) Jahren in Weimar besondere Tragik, denn sein geistiges Wegtreten ermöglichte der Schwester, Elisabeth Förster, die Verfälschung seines Werkes, sodass er missbräuchlich für Nazipropaganda benutzt wurde. Elisabeth Förster und ihr Mann waren Rassisten und leiteten die germanische Siedlung in Paraguay, wo später einige Nazis – Mörder – Unterschlupf fanden. Das jedenfalls erfuhr ich aus einer Dokumentation über das Leben Friedrich Nietzsches, in der ich unter anderem auch erfuhr, dass die Försters, aber auch Richard Wagner, in der Vereinigung »Die deutschen Sieben, die Juden nicht lieben« organisiert waren, Vorreiter sozusagen allen Übels, was noch kommen sollte ...

Da Psychologen zumeist oder oft auch Mediziner, Philosophen, Kulturwissenschaftler, Religionswissenschaftler waren, driftete die Lektüreauswahl in die Breite. Ich verlor bisweilen die Übersicht und alles artete zur Büchersucht aus, die bald nur noch Besitzstreben, nicht aber Ausdruck von Leseaktion beziehungsweise Leselust waren. So stapelten sich jene Bücher von Hirschmann, Siegmund Freud, Anna Freud, Max Eitingon, Oskar Pfister, C. Gustav Jung, Alfred Adler, später Erich Fromm, Drewermann ... An Geld mangelte es nicht, Franz hatte nie Einwände ob meiner Ausgaben und meiner Betätigungen.

Die Pausen zwischen dem Kaufrausch waren dann umso spannender, denn wenn eines ins andere griff und ich beim Lesen manchen Zusammenhang erfasste, war ich gelöst und froh und die praktischen Arbeiten im Haus und auf dem Grundstück erledigten sich mit Lust und Kreativität.

Ich hatte immer die Wahl, freilich eine Wahl im Luxus – (also ohne Bedeutung?) in der bekanntlich die Würde des Menschen besteht. Danke, Franz!

In Maxies Tagebuch jedoch muss ich lesen, dass die Wienerin an diesem Tag – »9. September 1976« – in die Frauenklinik der Charité »Einzug« hält mit Knoten in der rechten Brust. Diagnose: Brustkrebs.

»An Krebs zu denken ist, als wär man in einem dunklen Zimmer mit einem Mörder eingesperrt. Man weiß nicht, wo und wie und ob er angreifen wird.«

Nach der Operation leidet Maxie und hört nicht auf zu denken: »Wie bewusst ich auf einmal das Leben liebe. Egal wie, es ist auf einmal alles kristallklar um mich herum. Hinausgehen können, einmal noch da herauskommen und seinen Weg selber bestimmen können – der Mensch darbt nach Leben.«

Maxie kommt schließlich nach Berlin-Buch in die Rössel-Klinik zur Bestrahlung. Sie liest, liest und liest und dadurch wird sie ruhig und versetzt sich selbst in eine andere Welt.

Meine Intention im Rückblick. Nicht bewusst habe ich jene

»Flucht« (so nenne ich rückwirkend meine Lesewut) begonnen, war es eine? Eine unbändige Lust, andere Kulturen und Menschen mit ihrer Geschichte und mit ihren Geschichten kennenzulernen, kann das Flucht sein, Flucht aus dem realen Leben? War das vielleicht mein Schutzschild? Ist es aber nicht auch Interesse (dabei sein), am Leben teilhaben? Jedenfalls finde ich bei Maxie diese Lebens-Leselust. Dieses Büchlein eröffnet mir außerdem den Blick auf das alltägliche Leben im deutschen Osten, was mich zurzeit umtreibt.

Zustände und Unzulänglichkeiten, an die sich Ostdeutsche wohl rasch gewöhnt hatten, da irgendwie jeder in Beschäftigung stand, was ich heute vermisse, wenn ich an die Veränderungen in Hamburg denke, die zu großer Arbeitslosigkeit führten. Unruhe oder wie Freud sagte:»Unbehagen in der Kultur«, macht sich breit. Den Menschen wird der Boden unter den Füßen weggezogen, Mangel an Bestätigung, auch Not lässt die Menschen aggressiver werden – schlecht für die Demokratie, vielmehr eine Gefahr für diese! Es eröffnete sich mir gleichzeitig die Welt des deutschen Ostens!

Eine im Krankenzimmer Maxies untergebrachte 18-Jährige lässt die Autorin erzählen von ihrem Schwangerschaftsabbruch. Als der Gynäkologe die Schwangerschaft festgestellt hatte, fragte er im gleichen Atemzug, ob sie das Kind austragen wolle. Ein »Nein« genügte für die Einweisung in die Frauenklinik.

Keineswegs plädiere ich rundum gegen Abtreibung – im Gegenteil! Frauen sollten die Wahlfreiheit haben, auf alle Fälle! Vorrangig aber ist Familienpolitik so zu gestalten, dass Frauen relativ sorglos einer Geburt entgegensehen können, vor allem die Alleingelassenen, aus welchen Gründen auch immer, müssen angenommen und unterstützt werden und das nicht nur bis zur Geburt und kurz danach.

Aber die vielen jungen Mütter und jungen Omas im Osten sprechen dafür, dass der überwiegende Teil Kind und Familie begrüßten. Wenn ich bedenke, dass die Mangelwirtschaft in der DDR den Familien noch mehr Aktivität neben der Vollbeschäftigung abverlangte, wird mir klar, dass ein Zur-Besinnung-Kommen schwer möglich war.

Die Enge und ideologische Ausrichtung der Gesellschaft erfährt bei Maxie immanent, wenn auch nicht fokussiert, Kritik.

Maxie hatte zum Beipiel in Berlin-Buch eine Kaufhalle entdeckt, in der es Mangelware gab: »Ich spaziere eine Stunde bis zur Kaufhalle im Neubauviertel in Buch, wo's alles gibt, auch Spee gekörnt und Sekt.«

Berlin wurde besser beliefert und versorgt. Ein Schachzug der »Oberen«, denn die Unzufriedenheiten wuchsen besonders dort, wo »Westempfang« möglich war.

Natürlich mauserte sich Ostberlin auch zum touristischen Zentrum für Menschen aus westlichen Ländern, deshalb gab es Hotels und andere Einrichtungen, die über Westniveau verfügten.

Aber zurück zur Wienerin Maxie, der alle Unzulänglichkeiten besonders auffielen und der sich der Blick durch ihre Krankheit noch einmal öffnete:

»Krebskranke sind stolz und misstrauisch, als Kompensation.« Sie erhielt ganz sicher eine gute medizinische Behandlung in Berlin-Buch, so gut – wie die Krebsforschung eben war.

Leider reichte sie nicht, Maxies Leben zu retten.

Darauf konzentriert sich Maxies Kritik auch nicht, viel eher darauf, wie zum Beispiel der Umgang mit Kranken war.

»Hier ist alles anonym, die Patienten und die Ärzte. Eine Atmosphäre, in der ich nicht gesunden kann.«

Nur einige wenige Leute, mit denen sie über alles reden kann, sich auch mal mit ihren Ängsten anvertrauen kann – denn ihre Familie möchte sie nicht überfordern.
Maxie ist sehr tapfer.

Kapitel 10

Ich sitze auf dem Waldfriedhof in Kleinmachnow, meine Bank hatte mich schon sehnsüchtig erwartet, und betrachte den weißen Grabstein, der felsartig und mächtig unter Kiefern und Tannen hindurchleuchtet, gerade so, als würde er anzeigen, dass Maxie, Kitty, Fred grüßen und stark präsent sind. Für mich sowieso ...
Versunken und abwesend scheine ich zu wirken, denn eine Frau berührt zart meine Schulter und fragt mich, ob ich okay sei, und nach einer kurzen Pause, ob sie sich zu mir setzen dürfe.
Jetzt erst bemerke ich die sportlich gekleidete dunkelhaarige Frau mittleren Alters. Sie stützt sich noch auf ihr Fahrrad und erwartet wohl mein Einverständnis, was ich schließlich gebe. Sie stellt ihr Fahrrad hinter unserer Bank ab und setzt sich. Sie blickt in meine Richtung.
»Besuchen Sie auch das Grab von Maxie Wander?«
»Ja!«
»Leben Sie in Kleinmachnow?«
»Nein, ich bin zur Zeit in Neu Fahrland zur Kur. Nachmittags habe ich frei und mache Ausflüge per Fahrrad.«
»Haben Sie die Bücher Maxies gelesen?«
»Aber ja, alle, die herausgekommen sind. Von ihr wäre noch viel zu erwarten gewesen. Es ist so unendlich traurig, dass sie so früh gestorben ist.«
»Das finde ich auch.«
»Woher kommen Sie?«
»Ich lebe in Hamburg und durch eine Bekannte bin ich auf

die Lektüre von Maxie Wander, aber auch auf die von Christa Wolf, Brigitte Reimann und Fred Wander gekommen. Es war schon sehr lange mein Anliegen, hierher zu kommen.«
»Ich bin aus Dresden und habe die Lektüre von Maxie verinnerlicht.«
»Ich heiße Truus von Dietfurt.«
»Ich bin Patricia Laub.«
»Ich wohne noch einige Tage hier in der Pension, können wir uns noch einmal treffen? Heute ist hier eine Lesung mit Ruth Klüger, die möchte ich nicht verpassen, deshalb muss ich schon gehen.«
»Woraus liest sie?«
»Aus ›Gemalte Fensterscheiben‹, ihrem Lyrikinterpretationsband.«
»Mich hat ihr Buch ›weiter leben‹ tief beeindruckt.«
»Dem soll bald ein neues Buch, die Fortsetzung von ›weiter leben‹ folgen: ›unterwegs verloren‹.«
»Ich muss auch zurück, denn es sind fast 30 Kilometer zu fahren nach Neu Fahrland.«
»Übermorgen? Um diese Zeit?«
»Gut, ciao, Patricia!«
»Hat mich gefreut, Truus!«

Patricia fuhr davon, kräftig in die Pedalen tretend, ohne sich noch einmal umzuschauen. Lange schaue ich ihr nach.
Eine Frau, die ich sehr interessant finde.
Offensichtlich hat sie jene auch mich fesselnde Lektüre gelesen und reflektierend verarbeitet.
Ein Austausch mit ihr wird spannend und vielleicht tauche ich mit Patricias Hilfe in die Hauptflüsse des Lebens ein.
Eilig begebe ich mich nun in die Kleinmachnower Buch-

handlung auf dem neu entstandenen modernen Dorfzentrum und muss hören, dass nicht Ruth Klüger liest, sondern Marion Maron. Von ihr kenne ich nur ein Buch, dessen Titel mir nicht einfällt. Ein wenig enttäuscht bin ich nun doch. Es sollte aber doch noch eine interessante Begegnung mit Maron werden, deren »Flugasche« ich im Antiquariat vor Ort erstehen konnte.

Es gibt magische Orte – und der Waldfriedhof ist so einer – die uns öffnen ... Dort treffen wir uns zwei Tage später und Patricia hat Maxies Tagebuch mit. Sie liest vom Verlauf der Behandlung Maxies abwechselnd aus »Tagebücher und Briefe« und aus »Ein Leben ist nicht genug«, wobei alle Seiten in der entsprechenden Reihenfolge markiert sind.
Ich erfahre, dass Maxie bestrahlt wird und weitere Operationen notwendig werden, erfahre von ihrer Verzweiflung und der Lebenslust, die in einer traurigen Wechselwirkung stehen.
Die Krankheit schließlich löscht bei Maxie die Lebenslust, aber auch die Verzweiflung aus. Sie wird nur 44 Jahre alt.
Es wird sicher viel getan zur Rettung Maxies Lebens, aber oft übermannte mich das Gefühl (oder liest Patricia diese Stellen besonders vorwurfsvoll?), da fehlte es an manch lebensrettender Maßnahme.
Ich teile diese Gedanken Patricia mit und sie rückt unvermittelt und unerwartet damit heraus, dass sie 1988 nach der Diagnose Gebärmutterhalskrebs in Dresden operiert wurde. Darauf folgten Bestrahlungen, zum Glück mit einem neuen Gerät von Siemens (Import), mit dem die Haut nicht mehr so stark angegriffen wird wie bei Maxie. Die Kur dann hätte beinah alles, was körperlich und mental wieder so halbwegs im Gleichgewicht war, bei Patricia eingerissen. In Reinharz

bei Bad Schmiedeberg befand sich dieses Kur-Wasserschloss. Aus Patricia brach es jetzt heraus, sodass ich spürte, welche Belastung sie immer noch empfand in Erinnerung an jene Kur.

»Das Schloss«, so Patricia, »von Wasser umgeben mit einer einzigen, relativ schmalen Holzbrücke verbunden mit dem Dorf Reinharz, hatte einen ausgebauten Flügel mit durchfeuchteten Wänden, es glitzerte besonders in den Waschräumen à la Jugendherberge um die Jahrhundertwende. Es gab Gemeinschaftswaschräume, -schlafräume und einen -fernsehraum. Ich konnte mich keinen Augenblick zurückziehen. Ein Kurarzt, der die Aufnahmeuntersuchung vorgab durchzuführen, erhob sich nicht einmal von seinem Stuhl und schaute mich kaum an. Untersucht hat er nichts, nur einiges abgefragt. Dieser Arzt wollte mich nach einer Woche dazu bewegen – nachdem ich meine Abfahrt kundgetan hatte – zu bleiben und versprach allerlei. Truus, du musst wissen, dass man sich in jener Kureinrichtung nicht nur in Unwürde abgeschoben und ausgegrenzt, sondern auch eingesperrt und bestraft fühlte. Ich will es dir beschreiben. Mein mir zugewiesenes Zimmer verfügte über acht Betten mit acht Spindschränken und einem Tisch, an dem acht Leute nie Platz finden konnten. Sechs krebskranke Frauen (ich eingeschlossen) sollten hier hausen. Schnell bekam ich mit, dass alle sechs operiert und nachbehandelt waren, und die Sorge, dass eine Genesung nicht sehr wahrscheinlich ist, war spürbar an der latenten Angst vor Rezidive ..., auch wenn wir die Mutigen mimten. Spaziergänge waren nur in der näheren trostlosen Gegend (noch dazu im November!) möglich. Nach Bad Schmiedeberg fuhr kein Bus, wir versuchten es bis dahin mit den klapprigen Rädern, die wir ausleihen ›durften‹. Irgendwelche Veranstaltungen, wie Theater oder Kino oder anderes konnten wir nicht besuchen, da die Zeitspannen, in denen wir ›Freizeit‹ hatten, zu kurz waren. Wir Frauen waren um die 40 (ich 39), also reichlich erwachsen, pralles Berufsleben, aber auch Kinder und Familie bereits ›erbracht‹. Behandlungen, ärztliche Anwendungen wie Bäder, Sauna, Massagen oder anderes gab es nicht! Der Clou war noch, dass wir zu den Mahlzeiten nicht nach Zimmeraufteilung sitzen durften, sondern die Sitzordnung war streng anders geregelt. Als wir Zimmerfrauen am zweiten Tag das Umsetzen nach unserem Dafürhalten organisierten, begann ein Hexentanz, den der Leiter dieser Einrichtung aufführte. Am vierten Tag dann aber saßen wir auch ohne Erlaubnis zusammen. Am Wochenende – jetzt halt die Luft an, Truus – kamen vier Männer, die für uns Frauen zum Tanz aufspielten. Wir gingen da lieber (bis 30 Frauen vor einem Fernseher) fernsehen, denn die 89er-›Zeitenwende‹ kündigte sich an und der ›Runde Tisch‹ diskutierte. Bei mir machte sich eine wirklich befreiende Aufbruchstimmung breit. Dem Elend in Reinharz gebot ich nach einer Woche schließlich Einhalt, obwohl man mir drohte, das war übrigens das letzte ›ärztliche‹ Argument, dass ich die gesamte Kur privat bezahlen müsste – und, und, und. Übrigens – Reinharz wurde aus gutem Grund 1990 geschlossen! Zu Hause atmete ich auf und verfolgte im Hochgefühl von Glück den ›Runden Tisch‹, las viel und besorgte mir Literatur: Walter Janka, Erich Loest, Kunert, Königsdorf, Heym und Orwell ... Ich führte Tagebuch!«

Patricia ist davon überzeugt, dass sie durch die Wende genesen konnte. Ab 1.3.1990 arbeitete sie wieder als Lehrerin und beteiligte sich zum Beispiel an der von Christa Wolf initiierten Diskussion unter Lehrern. Kann man nachlesen in: »Angepasst oder mündig? Briefe an Christa Wolf im Herbst 1989«, Volk und Wissen, 1990.

Von den über 300 Briefen hatte Christa Wolf 170 in ihre Dokumentation aufgenommen, nachdem in der Wochenpost Nr. 43/1989 ihr Artikel »Das haben wir nicht gelernt.« veröffentlicht wurde. Wie sie selbst sagte, eine Annäherung an das Thema Jugend.

Patricia hat ihrerseits auf Zuschriften von Lehrerinnen reagiert, die ablehnten, dass in der »sozialistischen« Schule Fehler gemacht wurden, sie schien alle ermuntern zu wollen, es jetzt endlich anzupacken und es besser zu machen. Hier der Brief, den ich leicht in jener Broschüre fand (Seite 99):

Liane Biehl und Elke Wallenhauer, Lehrerinnen wie ich, haben sich gewiss längst ob ihrer Reaktionen auf Christa Wolfs Überlegungen geärgert. Ich denke, beide sind Lehrerinnen, die Rechtfertigungen dieser Art nicht nötig haben. So darf man Christa Wolf nicht verstehen! Sie hat sehr deutlich allen Lehrern gedankt, die ihre Schüler haben denken lassen. Es geht doch, und hier sollten wir uns einbringen, um die grundsätzliche Abschaffung von Einschränkungen (es gab derlei viele), die dem Erreichen von freien, verantwortungsbewussten, in Charakter und Individualität nicht deformierten Jugendlichen im Wege standen.

Ein Beispiel: Unter den Jugendlichen wuchs eine sehr gefährliche Art von Opposition – der Neofaschismus. Und das seit Jahren. Wir wollten und wir durften diese Tendenzen nicht wahrhaben. Lief man doch selbst Gefahr, zu jenen Leuten gerechnet zu werden, wollte man eine derartige Diskussion entfachen. Sie wäre so wichtig gewesen!

Auf dass alle Lehrerinnen und Lehrer, die im Dienst bleiben (bleiben wollen), fähig zum freien Denken und Handeln sind beziehungsweise werden.

Dresden / Patricia Laub

Mir fällt ein, dass ich mir längst auch Sorgen um dieses nazistische Gedankengut in breiten Kreisen der Bevölkerung in West und Ost mache.
Im Verborgenen freilich blüht solches besonders gut!

Es schien ein echter Neuanfang zu werden. Leider aber lebt die Mauer in vielen fort und im Bildungswesen und überall fanden sich die Bonzen an »oberen Stellen« wieder. Seilschaften, frühere, spielten mit ihrer Macht und es gelang ihnen, Direktorenstellen zum Beispiel zu besetzen und damit stoppte der herrlich kreative Neuanfang gewaltig. In Sachsen ist vieles bis heute so geblieben. Hinzu kommt die Ungerechtigkeit der Nichtverbeamtung und des viel geringeren Gehalts.
Wie schrieb Fred Wander im Jahre 1990 im Vorwort zu Maxies »Ein Leben ist nicht genug«? Patricia zitiert: »Maxie hätte angesichts des Mauerfalls wohl darüber nachgedacht, wie die Muster verschiedener Mauern in uns allen noch arbeiten und wie schwer es sein wird, die Trümmer beiseite zu schaffen.«
Patricia nannte das eine Fred-Maxie-Weitsicht!
Die letzten Sätze wurden bereits weniger hastig gesprochen, plötzlich aber verstummte Patricia ganz. Ich sah Tränen in ihren Augen und sie verabschiedete sich ziemlich abrupt.
Höchstwahrscheinlich ist es ihr regelrecht »eingeschossen«, wie sie sich offenbar hatte und dabei war, eine eigentlich lang zurückliegende Geschichte aufzuwärmen.
Offenbar aber hat sie ihren Krebs besiegt, denn bis zur Kur hat sie noch als Lehrerin gearbeitet und das Rentenalter (60) fast erreicht. Wobei mir aufgefallen ist, wie belesen und klug diese Patricia ist, sie hätte noch manche Schülerseele erwärmen können (müssen). So vital, gut aussehend, und schon abseits der Arbeitswelt? Hat da niemand angeklopft, um sie

noch eine Weile zwingend Gutes an Kindern stiften zu lassen?

Noch etwas. Ihr trauriges Aufbegehren kam mir fast so vor, als ob sie erstmalig merkte, wie klein sie als Individuum gelebt hatte in einer Maschinerie.

Erst 1990 hatte Patricia im Radio nach einer Stalin-Lesung endgültig begriffen, worauf jener Sozialismus basierte. Der Berliner Rundfunk, den sie häufig hörte, machte sich sehr verdient, was die Nachholaufklärung betraf. Es kam hier bei Patricias Bericht zu einer gemeinsamen Sternstunde unserer noch jungen Bekanntschaft, denn am 14.1.1990 wurde ein Walter-Janka-Interview, was ich in Hamburg hörte, aber eben auch Patricia in Dresden, gesendet. Daraufhin bestellten wir uns beide Jankas »Schwierigkeiten mit der Wahrheit« und beiden erschlossen sich Erkenntnisse!

Morgen werde ich mich zur Kureinrichtung Neu Fahrland durchschlagen, mit dem Rad kann ich das nicht mehr, aber es gibt Taxis.

Ich finde Patricia!

Sie schwänzt Qigong, das Quaddeln, aber auch das Essen und wir fahren nach Koppelow, wohin Fred Wander drei Wochen nach Maxies Tod mit den Kindern »geflüchtet« war, um eine einst noch mit Maxie gesponnene Utopie nachzuholen, was aber nicht klappen sollte.

Wir sitzen im ehemaligen Dorfkrug zu Koppelow bei einem Tee. Keine weiteren Gäste stören uns in dieser einfachen, aber anheimelnden Kneipe, die nicht überladen gestaltet beziehungsweise ausgestattet ist, eher ohne Schmuck auskommt und uns ermöglicht, ganz und gar einzutauchen in »Maxies Welt« – »Ein Leben ist nicht genug«.

Patricia liest und plötzlich faltet sie die Hände, schaut mich an und sagt: »Ich würde verrückt bei einem solchen Ver-

lust!«, und ich erfahre von ihren drei Töchtern und den fünf Enkelsöhnen. Ich falle wieder in Erstaunen, sage nichts, bin nur kurz neidisch, denn Patricia besetzte und besetzt die Hauptflüsse des Lebens und ich habe gedacht, eine »einsame Seele« vor mir zu haben.
Sie liest weiter, stockend, den Auszug vom 21.9.1968: »Eine Kitty wird es nie wieder geben. Unsere besseren Möglichkeiten, unser ganzes Vermögen, das einzige unverbildete, gesunde Wesen in unserer Familie – vorbei.«
Patricia schlägt das Buch zu und wieder fließen Tränen – bei uns beiden.
Auf dem Grundstück Maxie Wanders hatte die Familie ihre 13-jährige Tochter Kitty durch einen Unfall verloren. Sie war in die ungesicherte Klärgrube gefallen und später im Krankenhaus an den Folgen verstorben. Maxie war untröstlich und erholte sich wohl nie von diesem Unglück.
Angesichts ihrer gehockten Sitzhaltung und ihres vor Schmerz verzerrten Gesichts scheint es fast so, als spüre Patricia genau in diesem Augenblick jenen Schmerz.
»Dieses Tagebuch ist deine Bibel?«
»Ja, mein biblisches Wunder-Trost-Buch.«
Sie drückt es an sich und streichelt über den Buchrücken.
»Ich entdecke vieles von eurer Lebenswelt in der ehemaligen DDR.«
»Mit Maxie kannst du mich aber bitte niemals vergleichen, denn kosmopolitisch, kosmosozial wie sie hatte ich nicht die Möglichkeit aufzuwachsen beziehungsweise zu leben. Bei mir überdeckten die Arbeit und die Familiensorgen das notwendig gewesene Nachdenken. Alles war instinktiv da und mein Widerborst gegen unser Regime machte sich zeitweilig Luft, aber den freien Blick einer Maxie Wander hatte ich nicht. Wie auch? Zum Bildungsbürgertum der DDR ge-

hörten wir als kleine Lehrerseelen nicht. Heute glaube ich, die sogenannte Frauenemanzipation unterlag der Strategie, Frauen als Arbeitskräfte, als Mitverdiener zu haben. Von einem Verdienst war mit drei Kindern kein Auskommen. Das ging einfach nicht. Die eigentliche Emanzipation fand bei euch statt und Alice Schwarzer zum Beispiel muss sich dafür bis heute verteidigen, aber das macht sie souverän und grandios!«
»Sozial seid ihr aber doch abgesichert gewesen?«
»Ja, den sicheren Arbeitsplatz und für uns Frauen, auf die – wie gesagt – als Arbeitskraft nicht verzichtet werden konnte, einige Möglichkeiten der Weiterbildung und, bei bravem, wenigstens freundlichem SED-Verhalten, Aufstiegsmöglichkeiten. Ich war nicht brav genug! Die Kinder kamen zumeist ab der neunten Woche in die Kinderkrippe, wofür ich ehrlich gesagt erst zur Wende ein schlechtes Gewissen entwickelte. Mir gelang es aber ob meiner Arbeitszeit oft, die Kinder beizeiten abzuholen und aufgrund meines jungen Mutter-Daseins (mit 23 das dritte Kind) die Schul-Arbeit des Vorbereitens und Korrigierens in die Abend- und Nachtstunden zu verlegen. Erkrankte ein Kind und ich musste zu Hause bleiben, bekam ich keinen Pfennig Gehalt. Außerdem wurde ich in meiner Dienststelle schief angesehen, weil ich mal wieder ausfiel und vertreten werden musste. Von wegen Solidar-Frauen-DDR-Gemeinschaft, die gab es kaum! Ich könnte dir von dieser Schein- und Heuchelei-Welt manches erzählen. Wenn ich aber meine ›Maxie-Bibel‹ lese, wird das alles zur Nebensache.« Ohne Überleitung erhebt sie sich, lädt mich noch für den nächsten Tag zu einer Busfahrt nach Potsdam ein und verschwindet.
Der Wirt kommt und bietet mir die Rückfahrt nach Kleinmachnow in etwa einer Stunde an. Organisiert von Patricia!

Die Anspannung weicht und mein alter Körper verlangt nach Nahrung, auch genehmige ich mir ein Bier. Köstlich!
Zeit zum Nachdenken breitet sich aus: Maxie hat dem Alltäglichen der kleinen Leute nachgespürt, diese Leute liebte sie. Hab ich bei Fred ebenfalls im Vorwort gefunden!
Ich habe das Glück, mit eben einer solchen Person zu sprechen, über ihr Leben etwas zu erfahren. Maxies Zeilen betreffen nicht nur diese Leute, sondern treffen sie. Patricia und mich ...!
Zur »Bibel« gewordene Tagebuchliteratur, das hätte ich nicht für möglich gehalten. Ich finde den entsprechenden Passus bei den Vorbemerkungen zum Tagebuch: »Wer dieses Tagebuch liest, mag lange dran zu denken und zu arbeiten haben, mit dem Kopf, mit dem Herzen, mit allen fünf Sinnen und auch mit dem sechsten Sinn, jedem Stück Irrationalem, Märchenhaftem, Phantastischem, dem sie nachspürt in den kleinen Dingen des Alltags und in dem engen Dasein kleiner Leute.«
Irgendwie macht die Lektüre kleine Leute groß, so denke ich, ist es bei Patricia, die jene offene Sichtweise aufgesogen hat, befreit sich irgendwie selbst aus der Enge ihres herkömmlichen Daseins.
Patricia steht an der Bushaltestelle Neu Fahrlands.
Potsdam interessiert mich, auch das Kurvolk, unter das ich mich mischen werde. Aussteigen werde ich kaum können, heute alarmt nicht nur mein Herz mit Atemnot, sondern auch die Beine versagen mir ihren Dienst. Eine wache und sensible Patricia hilft mir ohne Worte in den Bus und geleitet mich auf meinen Platz. Rasch sind ihre Kurmitstreiter vorgestellt und der Plausch beginnt. Die Reiseleiterin würde sich verspäten, also sitzen wir im stehenden Bus.
Es wird ausschließlich geschwärmt von der Atmosphäre in

der Einrichtung, die im engen Zusammenhang mit den guten Ärzten, Physiotherapeuten und Psychotherapeuten steht.

Neu Fahrland habe eine sehr erfolgreiche psychologische Ausrichtung, aber auch körperlich Versehrte kommen »auf ihre Kosten«, so wie Patricia.
Der Chefarzt zum Beispiel bietet Qigong und das würde er mit einer selbstverständlichen Ernsthaftigkeit und Einfühlsamkeit tun, dass Patricia und die anderen jenen Entspannungssport mit Hingabe nachvollziehen. Die Diäteinrichtung sei stark frequentiert, auch Patricia ist dabei, ohne dass sie das aus meiner Sicht nötig hätte, sportlich wie sie rüberkommt. Aber im Fachgespräch wird klar, dass sie erhöhte Cholesterinwerte (schlechtes Cholesterin) hat, was mit dem Stoffwechsel zusammenhängt.
Ein Nachbar im Bus hält sich bereits sechs Wochen in Neu Fahrland auf und freut sich gerade über eine Verlängerung. Er hat nicht nur gut abgenommen, sondern ihm verhalf die Psychotherapie zu einem Neuanfang im Beruf und im Privaten, wie er betont. Sehr zufrieden lächelt er in sich hinein und fragt nun seinerseits mich aus über meine Herkunft und mein Leben. Wenn er wüsste!
Einiges aber erzähle ich und bemerke Patricias angespannte Gesichtszüge. Wir merken nicht einmal, dass der Bus nicht nur fährt, sondern an der ersten Station in Potsdam hält.
Wie ich schon ahnte, aussteigen ist nicht bei mir heute. Es stellt sich heraus, dass die Reiseleiterin wohl auch nicht viel Lust hat ... Ihre Informationen beschränken sich auf nur wenige Fakten, sie verweist auf die knappe Zeit.
Patricia verspricht mir Wiederholung der Tour und eine »würdige« Führung. Sie wird mich wohl mit dem Rollstuhl schieben müssen.

Mir fällt ein, dass ich unbedingt Hamburg alsbald ansteuern muss, denn wichtige Erbsachen sind zu erledigen. Franz hat mich zur Regelung seines Nachlasses ermächtigt. Eine Menge Geld soll ich auch noch geerbt haben. Sicher spende ich einiges davon, habe aber bezüglich meiner Patricia Ideen.

Eingeschlafen muss ich sein, ich höre: Schloss Sanssouci.
»Truus, ich hab dir einen Bildband mitgebracht als Ersatz.«
»Danke, du bist lieb.«
»Dieser Prunk, dieser Reichtum, auf wessen Kosten?«
»Im Marlygarten soll eine Friedenskirche stehen. Ist sie im Bildband zu sehen?« Auf der letzten Seite, die mir Patricia aufschlägt, kann ich sie betrachten.
Patricia sitzt wieder neben mir und hält meine Hand, während sie mir den Text zur Friedenskirche, wie ich meine, mit sanfter Lesestimme, vorliest:
»Hesse und Ferdinand von Arnim (1814 bis 1866) bauten die Friedenskirche nach Entwürfen von Persius in der Art einer frühchristlichen Basilika mit einem frei stehenden Glockenturm. Durch die architektonische Geschlossenheit der Baugruppe an der Friedenskirche war eine romantische Isolierung gegenüber der nahen Stadt beabsichtigt.« Heute wird gerade dieser Eingang zum Park von Sanssouci – das grüne Gitter – von den meisten Besuchern benutzt. Weit entfernt höre ich ihre angenehme Stimme, die besonders beim Lesen in eine sächsische Melodie fließt, die mir gefällt, und ich drücke Patricias Hand.

Epilog

Ich erwache.
Ich erwache aus den tiefsten Gründen des Lebens.
Ich spüre regelrecht, wie es mich nach oben schiebt.
Augen, Augenlider.
Ich muss sie öffnen, bewegen.
Ich muss sehen, wo ich bin.
Es gelingt mir.
Ein heller Schein.
Der Vorgang wird wiederholt.
Ein freier Blick ist nicht möglich.
Ein Tuch, Stoff, den Lichtschein abtrennend, unmittelbar über mir.
Es berührt meine Haut, es liegt über meinem Kopf und, wie ich merke, über meinem ganzen Körper. Alles gerät in Bewegung und stößt an Gewebe.
Keine Kleidung.
Ich ertaste unter dem Stoff meinen Körper. Ich bin nackt.
Wer ich bin, darüber herrscht Gewissheit.
Wo ich bin und wie ich nackt auf diese Pritsche geraten bin, weiß ich nicht.
Das Tuch schlage ich zurück und werde des Lichtes gewahr.
Eine Glühbirne ohne Lampenschirm schaukelt an der langen Leitung von der Decke herab.
Der Raum ist eine Abstellkammer mit den Vorrichtungen und Materialien für Reinigungsarbeiten.
Ich friere.
Ich friere mörderisch und wickle mich auf der Pritsche sit-

zend in das Laken ein und warte, was geschehen wird.
Das dauert.
Der Frost kriecht bis ins Gehirn, das wacklig arbeitet.
Ich stehe auf und will nachschauen, wo ich bin.
Ein Schritt und mein Ausflug endet.
Ich breche zusammen.
Die Beine versagen mir völlig den Dienst. Die Wiederholung klappt nicht.
Immerhin liege ich nicht mehr auf der Pritsche.
Unter mir gibt es nur Fliesen, kalte Fliesen und ich dämmere davon.
Ich öffne die Augen.
Mindestens vier weit geöffnete Augenpaare schauen auf mich herab.
Ich liege wohl wieder auf der Pritsche, ohne Tuch.
Ich will etwas sagen, forme die Wörter, aber sie bleiben tonlos.
Noch immer schauen mich fahle, im Staunen erstarrte Gesichter ungläubig an.

Ich will sie loswerden!

TEIL II

Pantha rhei

Prolog

Es quietscht und knarrt höllisch.
Patricia zuckt zurück, um wenige Minuten später den Versuch zu wiederholen, die Haustür des Truus-Anwesens in Hamburg zu öffnen.
Die Tür aber hat sich höchstens einen Zentimeter bewegt. Patricia zählt es ihrer Aufgeregtheit zu und lässt erst einmal ab.
Einen ganzen Tag hatte es gebraucht, dieses Haus am äußersten Rand einer Gartenkolonie, wo sie von nun an leben will, zu finden, deshalb erscheint es ihr nicht schlimm, die Räume oder – wie hatte Truus ihr Zuhause immer bezeichnet? – die Behausung nicht sofort betreten zu können.
Viel eher erkundet sie nun den kleinen ziemlich verwilderten Garten, der jedoch von einem stabilen Holzzaun, der neu gestrichen wirkt, umgeben ist. Sie findet eine Bank, lässt sich nieder und fühlt sich augenblicklich Truus sehr nahe.
Dennoch voller innerer Anspannung, aufgeregt und neugierig zugleich sehnt sie die Öffnung des Anwesens herbei. Höchstwahrscheinlich aber braucht sie dafür einen Handwerker. Patricia will alles unbeschadet erhalten, deshalb überlegt sie nun die nächsten Schritte auf ihrem Trip ins neue Leben.
Rasch steht ihr Entschluss fest, den FriedWald in Buxtehude zu besuchen, wo Truus ihre letzte Ruhestätte gefunden und wohin sie sich selbst eingekauft hat. Im Ort hofft sie auf ein entsprechendes Hotel- oder Pensionszimmer.
Der Jahrestag Truus' Todes wird bald sein und den wollte Patricia ohnehin dort verbringen.

Das Gesicht der Abendsonne zuwendend, genießerische Entspannung erfahrend, taumelt sie ein Jahr zurück. Dabei bleiben ihre Züge entspannt, zuweilen sogar jugendlich so aufgefrischt, dass es sich unmöglich um eine 60-Jährige handeln kann, die da sitzt und der Einsamkeit entgegenfiebert, gewillt, der letzten Aufgabe all ihre Kraft zu schenken, gegen alle guten Ratschläge und Warnungen von ihrer Großfamilie, die sicher noch geraume Zeit braucht, das letzte Verständnis aufzubringen …, nämlich … das aus dem Erbe für Spenden vorgesehene Geld Truus auch dort ankommen zu lassen, wo es nötig gebraucht wird und wo man damit kein Schindluder, Truus-Begriff für Verschwendung und andere Abarten menschlicher Gier, treibt.

Kapitel 1

Das ungeliebte Klingeln des Telefons riss Patricia aus ihrer Arbeit an der Staffelei. Sie hatte sich gerade mit türkis, blau, grau und weiß in eine Seelandschaft gepinselt.
Eigentlich hört sie in diesem Zustand nichts, deshalb musste es lange geklingelt oder immer wieder geklingelt haben, ergo war es etwas Wichtiges. Sie bewegte sich dennoch langsam auf den Apparat zu, denn gerade erst hatte sie mal wieder diese Riesenlust erfasst, von der sie schon glaubte, sie hätte sich verabschiedet, zu malen, dabei zu trödeln, bei sich zu sein. Vielleicht würde ja eine bunte abstrakte Stadtlandschaft aus der angefangenen Seeträumerei oder aber es entwickelt sich zu einer politischen Grundaussage, wie neulich erst passiert beim letztlich betitelten »Gaza«, was nicht angedacht war und symbolträchtig dort endete.
Aus dem Hörer drang die aufgeregt wichtige Stimme einer Frau an ihr Ohr: »Wir haben hier eine sehr betagte bewusstlose Patientin, die in ihren bei sich geführten Ausweisen und Papieren ausdrücklich auf Sie verweist, wenn Sie besagte Patricia Laub sind.«
»Ja, die bin ich.«
»Die Patientin hört auf den Namen Truus von Dietfurt.«
»Was ist passiert?«
»Frau Dietfurt hat einen schweren Herzanfall erlitten.«
»Ich komme sofort nach Hamburg!«
»Wichtig wäre jetzt erst einmal etwas ganz anderes.«
»Was denn, bitte, spannen Sie mich nicht auf die Folter!«
»Frau Dietfurt hat eine Patientenverfügung bei sich, in der

sie jede lebensrettende und lebensverlängernde Maßnahme ärztlicherseits verbietet.«
»Das ist schon immer ihr Wunsch gewesen und Sie müssen sich daran halten, bitte!«
»Wir hatten auf Ihre Hilfe gehofft!«
»Sagen Sie mir die Krankenhausadresse, ich versuche einen Flug zu bekommen.«
»Wir können aber nicht garantieren, dass die Patientin dann noch lebt ...«

Ihr Anblick, das Gesicht der Toten, das ihrer Truus war gleichsam Engel und Frau. Engelhaft, weil alle Falten verschwunden schienen, weil das weiße, aber immer noch lockige Haar ihre Züge umschmeichelten und Frau, weil ihr schönes Antlitz mit gleichmäßigen Gesichtszügen noch im Tod faszinierte. Sie hat nicht gelitten, das sieht sie. Patricia brauchte keinen ärztlichen Bericht. Was jetzt zu tun war, hatte sie mit Truus sowas von intensiv besprochen, dass sie keinerlei Bedenken, irgendetwas würde Truus nicht gefallen, hegte. Freilich erfasste sie Tage später, als alle Vorbereitungen für die Bestattung in Buxtehude erledigt waren, eine solche Trauer, dass sie regelrecht krank wurde.
Schließlich begriff Patricia, dass die Trauer um Truus genauso wie die Trauer um ihren Mann nun fortan zu ihrem Leben gehörten. Ein halbes Jahr später war es soweit. Patricias Großfamilie war angereist und wie immer ein lustiger, bunter, zugleich sehr wohltuender Haufen, obwohl es durchaus schwer war, alle zu diesem Termin zusammenzubekommen. Saskias Großfamilie, Dans Ehefrau und Bekannte aus Hamburg und Bitow, aber auch Warschauer standen nun am frühen Morgen mitten im FriedWald, wo Truus ihre letzte Ruhestätte finden sollte. An einer Birke wurde die kun-

terbunte Urne, sie war vorher von Hand zu Hand gereicht worden und einem jeden schoss ein Lächeln ins Gesicht, das nicht nur jenes verschönte, sondern die Urnenbeisetzung insgesamt erfrischte, in den Boden gelassen, begleitet von Liedern und Gedichten, die Truus ausgewählt hatte, auch die Sprachen, in denen sie vorgetragen werden sollten. So geschah es, feierlich, aber auch lustig, denn die ausgewählte Literatur war ironisch, oft satirisch-grotesk, immer Hiebe auf menschliches Fehlverhalten. Sehr schlecht kamen dabei insbesondere die verschiedenen religiösen Institutionen weg. Freidenker, natürlich nicht organisierte, wie die Versammelten weitestgehend waren, hatten durchaus Spaß an den letzten Bissigkeiten von Truus. Strengstens verboten hatte sie, aus ihrem Leben zu erzählen oder gar eine Rede über sie zu halten. Keine geistlichen Vertreter, welcher Religion auch immer angehörend, durften zugegen sein. Ausdrücklich auch nicht ein Hamburger evangelischer Pfarrer, der sie wohl in der letzten Zeit einige Male besucht hatte.

Was allen sehr naheging – und Patricia begriff erst jetzt die ganze Tragweite der Bitternis, die in Truus gesessen haben musste, wusste sie doch um diesen letzten Franz-Brief und seinen metaphorischen Begriff des Nebenflusses –, waren die von Truus noch selbst beschriebenen Handzettel.

Alle in der Runde hatten einen solchen in der Hand, auf dem Nebenflüsse aufgeführt waren, und Truus hatte verfügt, dass sie der Reihe nach vorgelesen werden sollten als Abschluss der »Hauptflussbestattung«. Es schlich sich aber gerade jetzt eine solche Feierlichkeit, eine Ergriffenheit ein, die sich äußerte im Aussprechen der Flussnamen, als wären diese Namen Menschen, Kostbarkeiten, Besonderheiten, Anbetungswürdigkeiten:

Ob	Elster	Finow	Pinnhe
Ach	Orlitz	Peene	Pleiße
Aet	Leda	Swine	Nüsse
Ems	Werse	Welse	Hörsel
Ilm	Weißentz	Neiße	Ohm
Itz	Schwarze Elster	Warthe	Exter
Inn	Salza	Trentz	Ils
Lorn	Steyr	Pleiske	Fulda
Nab	Ufa	Telleuse	Hamel
Nour	Alme	Aisch	Werra
Lech	Aule	Wörnit	Sieg
Lone	Bauna	Neb	Issel
Ismar	Schmiet	Bar	Scuer
Raab	Riss	Else	Mosel
Vils	Ammer	Ilm	Wehre
Iller	Mosach	Bode	Neckar
Iser	Ellbach	Orla	Wupper
Ohra	Ahr	Roda	Birs
Oste	Ohm	Brehne	Lahn
Mulde	Alf	Laura	Wutach
Saale	Bey	Regnitz	Prim
Alster	Saar	Selbitz	Sulm
Aue	Salm	Sorbitz	Ufen
Ise	Sure	Unstrut	Steinbach
Waag	Seille	Schwarza	Sill
Weißenbach	Olra	Ahl	Ill
Altmühl	Oese	Saarbach	Still

Zwei Reihen in einem Riesenkreis, zwei Reihen menschlicher Gestalten, die innehielten und fast erstarrt wirkten, so als möchten sie sich nie wieder von dieser Stelle rühren ... Patricia hatte ein gutes Gefühl und sie wünschte sich insgeheim einen solchen Abgang, ihr würde statt der Nebenflussaufzählung schon noch etwas einfallen. Sie hatten reißende, still dahin plätschernde, kaum spürbare, zur Überschwemmung neigende, als Kanal dienende, zum Wassersport gut geeignete, breite, schmale, kurvige, flache, versandete, steinige, tiefe Flussbetten bewirkende, fischreiche, anglerfreundliche, ufersteilige, schwer befahrbare, Ländergrenzen bildende, verbindende, klare, verseuchte, untiefenhafte, sagenumwobene, schwimm- und bebadbare, rasch fließende, sich fast versteckende, rauschende, singende, perlende, schäumende, glucksende, wunderschön anzusehende, bescheiden daherkommende, verträumte, geheimnisvolle, bezaubernde und alltägliche Nebenflüsse deklariert.
Das pralle Flussleben eben um und um.

Im FriedWald kroch der Herbst schon aus dem Unterholz und Patricia fröstelte.
Die Birkenhaine, die sich mit Fichten- und Kieferstreifen ablösen, ähnelten sich derart, dass sich in Patricia langsam Panik ausbreitete, sie könne die Truus-Birke nicht finden. Jetzt bereute sie die Einhaltung aller Truus-Wünsche, zum Beispiel keine Namensplakette anzubringen. Erinnern aber konnte sie sich, dass ihr Enkelsohn Florian mit Eifer und Geduld, konnte er doch damals sein leistungsfähiges Taschenmesser zum Einsatz bringen, ein großes T in eben diese noch zu findende Birke geschnitzt hatte. Darauf also musste sie achten.
Keiner Menschenseele begegnete sie und ob der Ruhestätte

sicher vieler Menschen kam zum Frösteln noch das mulmige Gefühl hinzu, was den Menschen zuweilen beschleicht, auch wenn keine unmittelbare Gefahr droht, unterschwellig jedoch Gefahrenquellen vermutet werden.
Die Suche wurde intensiviert und rascheren Schrittes eilte Patricia durch das Waldstück. Die Sonne hatte viele Möglichkeiten, den Waldboden zu treffen und war nicht nur Wärme schaffend am Werk, sondern lichtete alles vorher undurchdringlich Anmutende auf. Augenblicklich kam ihr in den Sinn, dass der FriedWald nicht wie manch anderer Friedhof mit Erdbestattungen, was ihres Erachtens nach ohnedies die Bestattung von gestern ist, morbide Gerüche bereithielt, sondern frische Düfte von Gras, Moos, Holz, Harz, Wald eben.
Es gelang Patricia nunmehr geradezu lustvoll durch jene Flure zu stromern und sie atmete tief durch. Gleichzeitig dachte sie daran, dass sie dereinst hier gut aufgehoben sein würde. Heimlich erwischte sie sich dabei, eine geeignete, besonders schöne Stelle auszuwählen, was sie jedoch wieder verwarf, denn vereinbart war, dass sie keinerlei Wünsche für den Standort habe und daran wollte sie sich unbedingt halten.
Geräusche, die an einen festen Auftritt erinnern, in gleichmäßigem Rhythmus zu ihr dringend, ließen Patricia aufhorchen. Schon gewahrte sie den Verursacher. Ein dicklich anmutender Mann in legerer, aber sportlicher Kleidung, ein Pullover mit Kapuze, welche bei Patricia an fast jedem möglichen Kleidungsstück ein Muss ist, steht für diese Einschätzung, kam auf sie zu. Beim Vorübergehen schauten sie sich zwar an, aber ein Gruß kam bei beiden nicht über die Lippen. In blitzartiger Kenntnisnahme des Angesichtes hatte Patricia etwas Sympathisches entdeckt, nämlich einen breiten, sehr schmallippigen Mund des Fremden. Für sie von jeher ein Sinnbild für Männlichkeit und Tatkraft. Niemals hätte sie

begründen können, woher dieses Gefallen und diese Wertung stammten oder belegt waren, es ist eben so. Auch spürte sie nach diesem »männlichen« Blick eine Ermunterung und Frische, welche nur schwer zu deuten war, auf alle Fälle erhöhte sie noch einmal das Tempo. Die Richtung zeitigte Erfolg, denn schon von weitem blitzte, von einem Sonnenstrahl erfasst, weiß die Truus-Birke auf. Als sie dann noch das eingeritzte T fand, fiel Stille auf sie herab wie ein Wiegenlied, dessen Melodie beruhigend in sie eindringt.

Patricia verweilte aufrecht, ja geradezu gestreckt stehend an dieser Stelle, minutenlang. Aus ihrem Rucksack kramte sie später bemalte Steine heraus, welche die Truus-Ruhestätte schmücken sollten. Die Idee, Steine zu bemalen, stammte aus der Zeit, als Truus versuchte herauszubekommen, wo sich möglicherweise die letzte Ruhestätte ihres jüdischen Freundes Roman Scheich befindet. Da es jedoch nicht möglich war, das Grab zu finden, hatten Truus und Patricia in Dresden Neustadt auf dem Jüdischen Friedhof jeweils ein Schalom gesprochen und solche Gedenksteine stellvertretend verteilt. Auch die Bibelverse, die einst in Bitow ihre in Freundschaft verbundene Gruppe einigte, hatte Truus inständig gesprochen: »Ein jegliches hat seine Zeit, und alles Vornehmen unter dem Himmel hat seine Stunde. Denn ein jeglicher Mensch, der da isset und trinket, und hat guten Mut in aller seiner Arbeit, das ist eine Gabe Gottes ...«

Patricia hatte damals in Dresden wohl ähnlich innig nicht nur des Roman gedacht, sondern fast Schmerz empfunden in jenem Gedenken, hatte sie doch gerade das Ilse-Weber-Buch »Wann wohl das Leid ein Ende hat« gelesen und tief eingehakt in ihre Seele wird eine Begebenheit daraus unauslöschlich bleiben.

Fast 25 Jahre nach Willi Webers, Ehemann von Ilse, der den

Holocaust überlebt hatte, Tod, hört Hanus, der ältere Sohn Ilses, der nach London geschickt worden war und so dem Holocaust entkam, von einem alten Freund der Familie, dass seines Vaters Wunsch nach einem schnellen Tod für Ilse und Tommy, das ist der jüngere Bruder von Hanus, der mit seiner Mutter in das KZ Theresienstadt kam, wahr geworden war. Jener Freund aus Ostrau, dem Hanus nach vielen Jahren bei einem Besuch in Deutschland wiederbegegnet, offenbart ihm in einem Gespräch:

Ich war mit deinen Eltern in Theresienstadt zusammen, doch ich wurde mit einem früheren Transport als dein Vater nach Auschwitz deportiert. Im Herbst 1945 kam ich zurück nach Prag, und einer der ersten Menschen, die ich traf, war Willi. Er fragte mich, wie es mir gelungen war zu überleben. Als ich ihm sagte, dass ich lange in Auschwitz war, ehe ich auf den Todesmarsch geschickt wurde, fragte mich dein Vater, ob ich nicht Ilse und Tommy gesehen hätte. Meine Antwort war: »Nein« – und dieses Nein habe ich bis auf den heutigen Tag bedauert. Willi hoffte immer noch, dass Ilse und Tommy am Leben waren, und ich hatte nicht das Herz, seine Hoffnungen zu zerstören. Ich wusste genau, was geschehen war.
Als wir nach Auschwitz kamen, wurden die meisten meiner Mitgefangenen aus Theresienstadt nach der »Selektion« in die Gaskammer geschickt. Ich war ein guter Sportler und hatte noch einige Muskeln, sodass ich in die Gruppe derer kam, die als arbeitsfähig eingestuft wurden. Ich kam in das Leichenträgerkommando, eine Gruppe von Häftlingen, die die Leichen aus den Gaskammern ziehen und zu den Krematorien fahren mussten. Die furchtbarsten Momente waren die, in denen ich meine alten Freunde wiedererkannte, die in der Reihe der Wartenden vor der Gaskammer standen.

Irgendwann im Herbst 1944 sah ich eine Gruppe von zehn oder 15 Kindern aus einem Transport, der gerade angekommen war. Ilse stand mitten unter ihnen und versuchte die Kleinen zu trösten. Neben ihr stand ein Junge, der größer war als die anderen. Ich denke, dass dieser Junge Tommy war. Uns war es unter keinen Umständen erlaubt, mit den Wartenden Kontakt aufzunehmen, doch da die nächsten Wachposten zufällig ziemlich weit weg standen, ging ich zu Ilse hinüber, die mich sofort erkannte.
»Stimmt es, dass wir duschen dürfen nach der Reise?«
»Nein, das hier ist kein Duschraum, es ist eine Gaskammer, und ich gebe dir jetzt einen Rat. Ich habe euch in Theresienstadt oft singen hören in der Krankenstube. Geh so schnell wie möglich mit den Kindern in die Kammer, setz dich mit ihnen auf den Boden und fangt an zu singen. So atmet ihr das Gas schneller ein. Sonst werdet ihr von den anderen zu Tode getreten, wenn Panik ausbricht.«
Ilses Reaktion war seltsam. Sie lachte irgendwie abwesend, umarmte eines der Kinder und sagte: »Also werden wir nicht duschen ...«

Wie wohl soll man auf eine solche Nachricht reagieren, wenn nicht »komisch«, hatte doch Ilse nicht nur vom eigenen Leben Abschied zu nehmen, sondern Verantwortung für die Kinder und ihres möglichst »schnellen« Todes.
Ein längst eingebrannter Wunsch Patricias: »Das darf nie wieder passieren!«, füllt sie erneut aus.
Sie liebt Konstantin Wecker, den sie nicht nur als kraftvollen und temperamentvollen Musiker und Mann verehrt, sondern auch für sein unerschrockenes und mutiges – ja, in Deutschland gehört dazu Mut – Auftreten gegen rechts. Sie reiht sich dort in Gedanken immer ein.

Beim Niederlegen des letzten Steines gewahrte Patricia eine Rose unter ihrem linken Schuh. Augenblicklich gab sie jene frei und erfasste, dass sie frisch und ein wunderbares Exemplar ihrer Art war. Der Unbekannte musste nicht zwingend der Rosenniederleger sein, aber ein möglicher. Wohl viele Menschen hätten Grund, Truus mit einer Rose zu gedenken. Sie drapierte die Rose ansehnlich zwischen die bemalten Steine und betrachtete lange die Truus-Ruhestätte, sie gefiel ihr.

Mehr als eine Woche hielt sie sich in Buxtehude auf und verwandelte die Stätte zu einem Designerort, den niemand übersehen konnte. Dann hieß es erst einmal Abschied nehmen. Die herbstlichen Spaziergänge und die Zweisamkeit an der T-Birke brachten Patricia innere Ruhe, sodass ihr Hamburg-Dasein beginnen konnte.

Die Sehnsucht nach ihrer Familie, besonders nach ihren Enkeln kroch jedoch immer wieder in ihr hoch. Jeden Tag rief sie an. Vereinbarungen des gegenseitigen Besuches – und des recht baldigen – und die Bekundung ihrer Bereitschaft, die Enkel auch länger in Hamburg zu betreuen, ließen sie ihre immer wieder aufkeimenden Zweifel an der Richtigkeit ihres Entschlusses, nach Hamburg zu ziehen, zumindest in den Hintergrund verschieben.

Der Unbekannte, Schmallippige stand alsbald vor ihrer Tür. Patricia war nicht einmal überrascht. Zu den schmalen Lippen gesellte sich jetzt eine Stimme hinzu, eine sonorig-tiefe mit kratzigem Unterton, die sie umwerfend fand.

Nach dem Vorstellen kam er rasch zum Grund seines Besuches. Er brachte jede Menge Bücher zurück, die ihm Truus ausgeliehen hatte. Krimis. Nie im Leben hat Truus Krimis gelesen, sie verabscheute jenes Genre, nicht einmal zum Lesen der besten (weil psychologisch durchfädelt?) konnte Patricia Truus überreden.

Truus hatte sie sozusagen als Erbmasse bei sich zu stehen, befindlich deshalb in den oberen Regalen, die nur mit der Bücherleiter zu erreichen waren. Der mollige Schmallippige bot sich an, die Bücher zurückzustellen, und Patricia spürte, dass sich dieser Mann hier recht gut auskannte.

Ein Buch aber hatte er unter seine kräftige Achsel geklemmt, was er auch nicht in das Regal zurückstellte und vorsichtig, als wäre es aus Glas, Patricia überreichte – wortlos.

Dieses Buch entpuppte sich als Attrappe mit Inhalt, mit kostbarem Inhalt. Im Inneren befanden sich Papiere, Dokumente, Fotos und mehrere handbeschriebene nummerierte Blätter – Bilderbuchschrift – holländisch.

Bodo, so hatte sich der Fremde vorgestellt, verschwand wortlos. Patricia sah ihn in der Nachbarlaube verschwinden.

Gleich am nächsten Tag brachte sie die Blätter in ein Übersetzungsbüro, hatte sie doch beim Studium der Dokumente gemerkt, dass es sich um Unterlagen handelte, die Truus' Eltern betrafen. Deshalb konnte sie den Abholungstermin kaum erwarten. Und sie las das von einem Unbekannten in Prosa verfasste »Schicksal« der Truus-Eltern. Sie kann nur abschnittweise den kurzen Abriss lesen, weil ihre Tränen den Zugang zum Text verwehrten.

»Leif zieht sich an und traut seinen Augen nicht, als er zur Liege, die einzige Sitz-und Liegemöglichkeit in seinem winzigen Zimmer, zurückschaut und dort ein Kind, schlafend in eine Decke eingewickelt an die Wand gedrückt, entdeckt. Bei näherem Hinschauen ist es das Nachbarmädchen, dessen Namen Leif nicht kennt, wohl weiß er, dass es ihr bei dem

Vater nicht gut geht. Oft hat er sie im Hause herumlungern sehen und sicher schläft sie auch ab und an dort.
Sehr spät war er am Abend zuvor aus seiner Kneipe gekommen, wo er arbeitet und »Mädchen für alles« ist. Hundemüde, wie er stets nach Hause kommt, braucht er ohne Licht nur eine Sekunde von der Tür zu seinem Bett, wo er augenblicklich wegschläft. So musste es auch gestern gewesen sein.
Leif weckt sie unsanft und die hagere Gestalt springt empor, mit weit geöffneten Augen sieht sie Leif an und lispelt: »Entschuldigung.«
»Wie heißt du? Wie kommst du in mein Zimmer? Was fällt dir ein? Wenn das dein Vater mitkriegt, dann geht es nicht nur dir schlecht!«
»Entschuldigung.«
Erst jetzt wird er gewahr, dass das Mädchen ein stark geschwollenes Gesicht hat und auch sonst Schmerzen haben musste.
»Was ist passiert? Beruhige dich und setz dich wieder.«
»Mein Vater ist betrunken nach Hause gekommen, er hat auf mich eingeprügelt wie lange nicht.«
Das Mädchen war in sich zusammengesunken und warf ihre Decke über den dünnen, geschundenen Körper. Eine Welle von Mitleid und aufflammender Hilfsbereitschaft lassen den 17-Jährigen sagen: »Schlaf dich erst einmal aus, ich besorge Frühstück.« Er war schon fast an der Tür: »Wie heißt du?«
»Charlotte Viesten.«
»Wie alt bist du?«
»14 ...«
»Schon 14? Ich hätte dich höchstens zwölf geschätzt. Verhalte dich ruhig.«
Draußen im Hausflur fiel ihm ein, dass er nicht noch einmal nachgefragt hatte, wie sie in sein Zimmer gekommen war. Noch am Grübeln ruft ihn sein Mitbewohner an, besser

gesagt, sein Untervermieter, der selbst nur ein winziges Zimmer bewohnt und der wie Leif als Hilfsarbeiter sein Dasein fristet.
»Ist Charlotte noch bei dir?«
»Woher ...«
»Ich habe sie heute Nacht mit zu uns genommen, weil ...«
»Ich weiß, der Alte hat mal wieder durchgedreht. Sie ist noch da, schläft wieder. Ich hole etwas zu essen. Erzähle niemandem davon.«
»Okay.«
Leif läuft zum Lebensmittelladen an der nächsten Ecke, um das Notwendigste einzukaufen. Ganz in der Nähe liegt das Kinderheim, aus dem er vor drei Jahren entlassen worden war und wo er noch immer einen Vertrauten und Helfer weiß. Ralf war der einzige Erwachsene im Heim, zu dem er Vertrauen gefasst hatte und der ihm sicher auch jetzt wieder helfen könnte. Irgendeine Stimme aus dem Unterbewusstsein aber hielt ihn zurück, Ralf aufzusuchen. Es gibt da vielleicht doch noch eine andere Lösung für Charlotte. Wie Ralf sich um ihn – würde Leif sich jetzt um Charlotte kümmern. Sein Schritt wird ein wenig stolzer, sein Hals strafft sich und rasch ist er wieder am Abbruchhaus, in dem er wohnt und wo eine Aufgabe auf ihn wartet.
Noch ein halbes Jahr hat er Zeit, eine Anlernstelle als Kellner in einem Mittelklassehotel im Zentrum von Amsterdam antreten zu können. Ralf hatte ihm das besorgt. Als er nun die schlafende Charlotte betrachtet, erscheint ihm ihr Angesicht doch das eines Mädchens zu sein und nicht das eines Kindes. Vielleicht könnte sie dann seine Arbeitsstelle übernehmen, der Wirt jedenfalls ist kein Unmensch, hat eher Verständnis für junge Leute, auch wenn er sie ausbeutet wie andere auch, das wusste Leif längst.

Natürlich müsste sie genesen und an Kraft gewinnen, dafür würde er sorgen. Er denkt zum ersten Mal wirklich an Zukünftiges, malt sich aus, wie es beide nach getaner Arbeit zu Hause gemütlich hätten und sich vielleicht bald eine geräumigere Wohnung leisten könnten. Das Wohlige dieser Gedanken kann man ihm ansehen.
Sie frühstücken und Leif weiht sie vorsichtig in die Pläne ein. Die Vorsicht war nicht nötig, Charlottes Augen beginnen zu leuchten und Leif sieht, welch schöne dunklen Augen auf ihn schauen. Noch immer ist sie in die Decke gehüllt, die sie noch schnappen konnte, als ihr Vater sie aussperrte.
»Ich besorge eine Matratze, auf der ich schlafen kann. Du bleibst in Deckung, dein Vater sollte dich hier nicht entdecken.«
»Er wird mich nicht suchen. Sein letzter Satz war, ich soll mich nie wieder blicken lassen.«
»Bei dem Saufbold kann man nie wissen!«
»Er war nicht immer so. Vor vier Jahren ist meine Mutter an Krebs gestorben, wir hatten nicht genügend Geld für den Arzt und für die Klinik. Seitdem säuft er und hat kein Leben mehr.«
»Du aber hast wieder eines!«

Sie schauen sich an wie Bruder und Schwester, die sich gut verstehen und von diesem Augenblick an gestalten sie ihr junges Leben.
Das winzige Zimmer wird halbiert, freilich ist die Trennwand nur gedacht, dennoch bekommt jeder seinen Bereich und Charlotte zeigt praktisches Geschick. Nach einigen Wochen traut sie sich aus dem Haus und besorgt allerlei Hausrat. Mit Leifs 18. Geburtstag beginnt seine Lehre und Charlotte kann tatsächlich seinen Platz in der Kneipe einnehmen.

Nach etwa zwei Jahren klopft es abends an ihrer Tür. Eine kleine unscheinbare Frau schaut herein: »Ich bin Elsa Viesten, guten Tag.«
»Meine Tante?«
»Nein, die Frau deines Vaters.«
»Wieso, wo?«
»Wir haben uns in der Anstalt kennengelernt. Ich bin dort Köchin, dein Vater, Charlotte, war fast zwei Jahre zur Entziehung, er hatte starke Alkoholprobleme.«
»Ich weiß.«
»Vor einer Woche haben wir geheiratet und ich erfuhr von dir. Vorher hatte er nie von dir gesprochen. Ich freu mich so sehr, dich zu sehen. Dein Vater wäre glücklich, wenn du ihm verzeihen könntest und wieder nach Hause kämest.«
»Niemals, das ist vorbei. Mir geht es gut bei Leif!«
»Seid ihr ein Paar?«
Charlotte und Leif schauen sich überrascht an, ein Funke in beider Augen verrät die Sehnsucht danach.
»Lasst uns in Ruhe, bitte.«
»Du sollst nur wissen, ich würde dir gern eine gute Mutter sein.«
Beim Verlassen des Zimmers, Elsa hatte traurig ihren Kopf gesenkt, legt sie einen Brief auf die längliche Kommode, die als Zimmerteiler fungiert, wo inzwischen als hinterer Abschluss eine herrliche Palme hinzugekommen ist, nahe beim Fenster stehend. Charlotte erkennt sofort die Schrift ihres Vaters, die neue Adresse extra groß geschrieben. Die sonst so sanfte Charlotte ergreift den Brief und wirft ihn in Richtung Fenster, wo er in den Fächern der Palme hängenbleibt.
In dieser Nacht aber schwören sich Leif und Charlotte ewige Treue, beschwören ihre Liebe – und die zarte Beziehung, die Elsa gesehen hatte, noch bevor sie vollzogen war, beginnt ...

Ihr Leben wird zum Wechselspiel zwischen Glück und Überlebenskampf. Beide sind körperlich und mental überfordert, im Job, im Leben überhaupt. Sie halten natürlich umso gewaltiger aneinander fest. Das Geld reicht nie, dabei muss zumindest Leif gut angezogen sein als Kellner, der ob seiner Ausbildung so gut wie nichts verdiente, obwohl er bereits nach kurzer Zeit als vollwertiger Kellner eingesetzt wurde. Oft spricht er mit Charlotte über die an ihnen begangene Ausbeutung und über zwölf Ungerechtigkeiten.

Irgendwann kommt Leif nachts nicht nach Hause. Charlotte macht sich aber bald keine Sorgen mehr, denn es kommt immer häufiger vor. Es ist sogar bald so weit, dass Leif im winzigen gemeinsamen Zimmer Besuch empfängt, nicht aber Gleichaltrige zum Bier, sondern gesetzte, bärtige, sehr höfliche und gebildete Männer. Es wird hitzig diskutiert und Leif entwickelt rhetorische Fähigkeiten, über die Charlotte staunt. Ostern 1919 kommt Leif wieder mit »Kumpels« nach Hause. Charlotte, die nie etwas dagegen sagte, Leif stets gewähren ließ, sich zurückzog und ohnedies nicht viel verstand vom Gesprochenen und außerdem viel zu ausgelaugt war, als dass sie auch nur einen Funken Kraft gehabt hätte, mitzutun, springt auf und verwehrt den Männern den Zutritt. Leif wusste sofort, dass Charlotte etwas widerfahren sein musste, was diese Maßnahme notwendig machte.

Schmächtig, klein, die dunklen Augen hinter verquollenen Lidern liegend, sitzt sie Leif gegenüber. Der erschrickt über ihr Aussehen und es beschleicht ihn ein Gefühl der Niederträchtigkeit. Er hatte Charlotte in letzter Zeit regelrecht aus den Augen verloren, hatte sich ganz der Arbeit in einer »Gruppe für Arbeiterrechte« gewidmet. Durchaus selbstbewusster hat ihn diese Betätigung gemacht, denn zum wiederholten Male setzte er sich erfolgreich gegen zu viele

Überstunden durch, auch Lohn erhält er jetzt regelmäßig. Seine Charlotte aber muss wieder eine Rolle in seinem Leben spielen. Er setzt sich neben sie und umarmt sie zärtlich. Eng umschlungen sitzen sie auf seiner Schlafmatratze und das Gefühl erlebt einen Überschwang. Sie ziehen sich die Kleider gegenseitig vom Körper und Leif dringt in Charlotte ein, sachte und liebevoll wie immer, aber diesmal irgendwie männlicher, als würde er sie jetzt zur Frau machen, sie dazu küren. Sie beweisen sich körperlich gegenseitig ihre Liebe. Charlotte glüht und strahlt, ermuntert Leif immer wieder zur Einfahrt. Sie drängt und streichelt, drückt und legt sich unter und auf ihn, bis Leif völlig ermattet zur Seite gleitet und einschläft, in einer Hand noch die kleine straffe Brust Charlottes haltend.

Im Morgengrauen legt sie die Hände des noch schlafenden Leif auf ihren Bauch und sein Glied in ihre. Dann beginnt sie bei ihm die Vorhaut zurückzuschieben, so weit, dass Leif vor Schmerz aufstöhnt.

»Was machst du da?«

Sanft nimmt sie wieder seine Hände und legt sie auf ihren Bauch. Leif sitzt nun aufrecht und betrachtet den nackten zierlichen Körper Charlottes, seine Hände beginnen, ihn zu streicheln. Sie liegt wie tot und lässt alles mit sich geschehen. Die einzigen Bewegungen, die sie willentlich ausführt, sind die ihrer Augen. Sie suchen seine, finden sie und halten sie fest, auch seine Hände, als diese ihren flachen Bauch erreichen. Leif war dabei, in sie einzudringen. Nun aber verweigerte sie sich. Sie schiebt ihn von sich und drückt ihre Schenkel kräftig zusammen. Es nützte Leif nichts, mit der Kraft seines Körpers seinem Verlangen doch noch zum Durchbruch zu verhelfen. Wie eine Gazelle war Charlotte aufgesprungen und steht nun in ihrer jugendlichen Schönheit vor ihm. Anbetungswürdig empfindet er sie in diesem Moment und geht auf die Knie. Sie legt ihm ihre Hände auf die Schultern.

»Ich bin schwanger.«

Kapitel 2

Patricia entwickelte Sehnsucht ...
Irgendetwas zog sie zum Schmallippigen. Sie kannte sich in dieser Sehnsucht nicht, aber sie kam wie eine Flutwelle über sie und war ihr wehrlos ausgesetzt.
Sie entschloss sich, ihn in seiner rot gestrichenen Laube aufzusuchen. Seit der Übergabe der Krimis hatten sie sich nicht gesehen. Schließlich war sie noch ein Dankeschön schuldig.
Rasch war sie angelangt und klopfte, klopfte wiederholt und legte sich ihre Worte zurecht. Nach einiger Zeit hörte sie Bewegungen im Inneren der Laube. Er öffnete.
Nicht verbergen konnte er die Freude über ihr Kommen, denn das Strahlen seines Gesichtes überspielte seine Unbeholfenheit. Patricia betrat ohne Aufforderung den einzigen Raum dieses Anwesens, der aber durchaus wohnlich eingerichtet war.
Ihr wurde augenblicklich ein herrlich dampfender Kräutertee gereicht, der ebenso duftete wie der Raum selbst, und sie entdeckte auch bald in der Erkerecke viele Kräutersträuße, die dort zum Trocknen aufgehängt waren. Langsam kam ein Gespräch zustande, wobei Patricia mehr die Melodie seiner Stimme genoss als auf seine Worte zu achten.

Unruhig sortierte Patricia Bücher, räumte ihre Malerecke auf, putzte Schuhe und blickte immer wieder zur Laube hinüber, um ein Lebenszeichen von Bodo Teicher zu erhaschen.
Einige gegenseitige Besuche in den letzten Wochen endeten bei einem Glas Wein sehr gemütlich und vertraut. Dieser

Mann gefiel ihr. Er reflektierte wenig, beurteilte nichts und niemanden, hatte über Menschen keine Klagen zu führen, ordnete nicht ein, nicht unter, gedachte seiner Mutter – und sprach er von Truus, waren alle Worte in Respekt gebadet. Er fühlte sich echt an.
Den letzten Brief von Truus bewahrte er in einem Kästchen auf, das er abschloss wie Heranwachsende das Tagebuch oder das Poesiealbum verschließen.
Zuweilen legte er die Arme um Patricia und zeigte ihr sehr deutlich, dass sie ihm gefiel, zumindest sympathisch war, ihre Gegenwart schien er zu genießen wie sie seine. Bei der Verabschiedung zog er sie stets kräftig an sich und ihre Rundungen, die ab 50 zu ihrem Ärger zunahmen, schienen ihn nicht zu stören. Er war zehn Jahre jünger als sie, einige Jahre älter aber hatte sie ihn geschätzt, kam er ihr doch gelassen und schon ein wenig in Abkehr befindlich von der hektischen Welt vor.
Nie wurde er anzüglich oder wollte sie küssen, was sich aber Patricia wünschte. In seiner Laube gab es einen gusseisernen Ofen, der, wenn er mit Holz und kleinen eierförmigen Briketts gefüttert wurde, eine Wärme gepaart mit Geborgenheit ausströmte, zumal seine Sitz- und Schlafgelegenheit in geringer Entfernung direkt gegenüberstand, dass Patricia schwach wurde und ihre Liebessehnsucht wuchs. Ihr Verlangen nach Sex begann sie zu belästigen und war kaum noch zu unterdrücken. Vielleicht war es der Altersunterschied, der ihn eventuell überhaupt nicht an eine Beziehung denken ließ – oder hatte er nur freundschaftliche Gefühle für sie?
Sie begann an sich zu arbeiten: Friseur, Kosmetik, Körperpflege und vor allem neue Unterwäsche, die eigentlich Reizwäsche war, ihre gesamte Garderobe wurde jugendlicher, wobei sie nicht übertrieb, denn ihr Geschmack hatte sie stets

zur Zurückhaltung gemahnt. Bei der Reizwäsche aber, und das gab sie sich selbst gegenüber zu, verfolgte sie eine Strategie, träumte sie doch ständig davon, Bodo zu verführen – und zwar mit allen ihr zu Gebote stehenden Mitteln. Aber auch als sie ihr Dekolleté gestaltete und, im Sessel sitzend, ihre Beine bis zu den Oberschenkeln zeigte und darauf achtete, dass Bodo dessen gewahr wurde, gab es keinerlei Anzeichen einer Annäherung. Er blieb herzlich, zutraulich und aufmerksam, aber nicht angetörnt.

Eines Tages aber pegelte sich das Gespräch mal wieder auf Truus ein, die Atmosphäre knisterte irgendwie.

»Hat Truus von mir erzählt?«
»Einiges!«
»Was, erzähl!«
»Du warst ihre Offenbarung.«
»Offenbarung?«
»Sie hat irgendwie was begriffen durch dich.«
»Was?«
»Ich weiß es nicht. Sie hatte dich einfach lieb.«
»Ich sie auch.«

Nach geraumer Zeit änderte Bodo seine Sitzhaltung und schaute Patricia mit flackerndem Blick, aber unheimlich liebevoll an.

»Und ich liebe dich, Patricia.«

In diesem Moment spürte sie seinen Körper an ihrem, er drückte und presste sie auf sein Bett. Sie ließ es völlig gelöst zu. Er kam sofort zur Sache und drehte sie auf den Bauch und der Sex in dieser Lage bescherte ihr eine wahrhafte Himmelfahrt. Die Stellungen wurden noch häufig gewechselt und ein Ende dieser Verschmelzungen gab es erst, als sie davonzuschwimmen drohten.

Lachend säuberten sie sich und das Bett, um danach wieder

übereinander herzufallen. Bodo nahm sie immer wieder – ohne Vorspiel, ohne Zwischenspiel und ohne Worte – und Patricia schien es, als könne Sex nur so funktionieren, obwohl sie anderen guten erlebt hatte. Wie auch immer, Nachdenken und Vergleichen war im Moment äußerst eingeschränkt möglich. Es war also folgerichtig, dass sie einschliefen, als sie noch ineinander waren. Wäre am Morgen nicht ein Hilferuf für den Handwerker Bodo eingegangen, stünde das Liebesbett ganz sicher wieder in Flammen. Patricia jedenfalls beschloss, auf ihn im Bett zu warten. Ihr Schoß schmerzte in einer Art, dass sie nach diesem wieder lechzte. Es passierte am Mittag, als er sie wieder in der Erststellung nahm. Erst in der Dämmerung begaben sie sich in Patricias Behausung, um gemeinsam zu duschen und zu essen. Das alles ging wortlos vor sich, nur ihre Blicke verschmolzen.
»Es ist schön.«
»Was?«
»Mit dir.«
»Das finde ich auch ... Warst du verheiratet?«
»Nein.«
»Ich war ...«
»Das hat mir alles Truus erzählt, ich freu mich auf deine Familie.«
Dieses wilde Übereinanderherfallen ereignete sich fast täglich. Die Wochen flogen im Rausch an ihnen vorbei. Diese Liebe musste kein vorhergehendes Glück übertreffen, keine Enttäuschungen mitschleppen – sie existierte als einzige, als erste, als große, als verrückte und verwirrende. Patricia fühlte sich frei und lebendig wie ein gesunder Fisch im Wasser. Sie war sich ihrer sicher.

Kapitel 3

Behutsam und schleichend betrat Patricia ihr Haus, sie wusste, dass Bodo da ist, denn niemand sonst hatte die Schlüssel. Im Türrahmen stehend, erlebte sie eine merkwürdige Situation.
Bodo war dabei, ihre auf dem Tisch liegende Nachricht zu lesen. Er hob das Blatt dicht an seine Augen. Laut und langsam, jeden Buchstaben einzeln zusammenziehend, dann noch einmal das erlesene Wort sprechend, kämpfte er sich durch die beiden Sätze. Schließlich legte er das Blatt zurück auf den Tisch und strich mit der rechten Hand, so als würde er jemanden streicheln, darüber. Als er Patricia gewahr wurde, erstarrte er: »Wie lange stehst du schon hier?«
»Lange genug, um bemerkt zu haben, dass du dringend eine Brille brauchst.«
»Ich brauche keine Brille.«
»Das sah mir aber eben ganz anders aus.«
»Patricia«, Bodo hob beschwörend beide Hände, »ich kann noch nicht lange lesen.«
»Wie, was?«
»Truus hat es mir erst vor vier Jahren beigebracht und es fällt mir noch immer schwer.«
»Du bist ... warst Analphabet?«
»Wenn das heißt, dass ich ein Mensch war, der nicht lesen und schreiben kann, dann ja.«
»Nie im Leben hätte ich das gedacht.«
Unmerklich war sie einen Schritt zurückgetreten, Bodo aber sprang schnell zu ihr und drückte sie fest an sich. Rasende

Gedanken begleiteten sie nun bei allen weiteren Worten und Bewegungen, bis sie ganz ruhig wurde, bis sie die Situation begriff und nun seine Geschichte zu hören verlangte. Viel erfuhr sie nicht, denn Bodo fiel das zusammenhängende Sprechen schwer, und Patricia spürte seine Defizite schmerzhaft. In seine schöne Stimme mischten sich mehr als sonst kratzige Momente.

In Hamburg hatte er bis zur 6. Klasse eine Art Förderschule besucht, aus der ihn seine Mutter herausnahm und zu Hause behielt. Das Gelernte geriet in Vergessenheit, denn seine Mutter behütete, aber förderte ihn nicht. Starke beruhigende Medikamente taten das ihrige. Zu Truus, die vor einigen Jahren in das Gartenhaus gezogen war, was sich unmittelbar neben der Parzelle der Teicherts befand, fassten beide schnell Zutrauen. Sie kümmerte sich um seine ärztliche Betreuung und darum, dass er Schreiben und Lesen lernte. Als Bodos Mutter starb, kümmerte sie sich um seinen Umzug aus der Stadtwohnung in die Laube, die so hergerichtet wurde, dass er die Erlaubnis zum dauerhaften Wohnen erhielt.
Die Frage nach seinem Auskommen beantwortete er knapp, er habe von seinen Eltern geerbt und bekäme eine kleine Rente, die Behinderten zustünde. Die Frage, was er im Gartenverein hinzuverdiente, machte ihn stutzig, nichts, es mache ihm aber Spaß, alles wieder ganz zu machen.
Eng umschlungen saßen sie im Dämmerlicht des Tages und Truus entfernte sich im Moment von Patricia, denn Teilhabe an dieser Gegebenheit hatte Truus ihr nicht gegönnt. Oder ahnte sie, dass sie ein Paar würden? Truus war das zuzutrauen, sie hatte tief in Patricias Seele geschaut. Vielleicht hoffte sie, dass sie sich um Bodo kümmerte. Ob sie die Leidenschaft ausklammern konnte? Sie kam nicht weiter zum Grübeln,

denn Bodo küsste sie heftig und legte alle Liebe und Leidenschaft in diesen Kuss, aber auch all seine Angst, sie verlieren zu können. Patricia wusste plötzlich, dass es der erste richtige Kuss zwischen ihnen war, und gab die Leidenschaft zurück.
Ihre Liebe hatte sich auch ohne diesen Liebesbeweis vergrößert, als er unbeholfen und holprig erzählte. Dieses Holprige war ihr vorher schon aufgefallen, sie hatte es als seine Eigenart in ihre Liebe einbezogen. Warum sollte das anders werden?
Geschult im Schlüsseziehen, sah sie das Dringendgebrauchtwerden vor sich, aber auch die Liebe, die tiefer denn je in ihr stürmte, und es bedurfte wieder keines Wortes, als sie sich ihm hingab.
Bald spürte Patricia die Selbstverständlichkeit dieser Liebe, in der Scheu und Zurückhaltung, aber auch Prestige und Macht keine Rolle spielten. Sie war authentisch, dass sie ohne Inszenierung und ohne Liebesbeweise im herkömmlichen Sinne auskam.

Der Einkauf, den Patricia am ersten gefühlten Frühlingstag tätigte, war nicht der Lust am Shoppen geschuldet, sondern der Tatsache, dass beide stark abgenommen hatten und vor dem Paar eine Menge Termine standen. Beladen mit Taschen und Tüten stand sie vor Bodos Tür. Der tat sich schwer, die auf Verdacht, was Größe, Farben und Formen betraf, für ihn gekauften Klamotten anzuprobieren. Das nächste Shoppen würde nicht ohne ihn über die Bühne gehen. Sie setzte sich durch und Bodo erstrahlte als gepflegter und eleganter Mann an ihrer Seite. Dieser elegante Mann hielt auf einmal Abstand zu ihr. Als sie ihn küssen wollte, wich er aus und setzte sich wie ein trotziges Kind in seine Erkerecke unter Pfefferminz und Schafgarbe. Er zog langsam die neuen Sa-

chen aus und legte sich fast nackt auf sein Bett. Er deutete Patricia an, dass er schlafen wolle und seine Handbewegung war eindeutig. Geh!
Ihr war klar, dass sie das in diesem Moment auch unbedingt tun musste. Er würde wieder bei ihr klopfen, ganz sicher.
Er klopfte aber nicht.
Ein anderer kam, ein alter hagerer Mann, der grüßend das Haus betrat. Vorgestellt hat er sich als Pfarrer in Rente namens Münz.
Angeblich hatte er tags zuvor Bodo in der Stadt gesehen, ihm war seine Niedergeschlagenheit aufgefallen und er beteuerte seine Sorge, die Depressionen könnten Bodo wieder ereilen. Es stellte sich jedoch heraus, dass Bodo mit ihm nicht sprechen und seine Hilfe niemals in Anspruch nehmen würde. Da er aber von ihren »Verbindungen« gehört hatte, wandte er sich nun an Patricia. Ihr war bald klar, dass dies der Pfarrer sein musste, der ausdrücklich nicht bei Truus' Bestattung anwesend sein durfte. Als Münz dann noch seiner Verwunderung Ausdruck verlieh, wie eine moderne, gebildete Frau, wie Patricia eine sei, sich mit einem geistig Behinderten einlassen könne und nicht auf ihren Ruf achtete, hätte sie eigentlich bei jeder anderen Figur, die so etwas wagte, die Tür zum Rausschmeißen weit geöffnet. Hier aber machte sie eine Ausnahme, hoffte sie doch einige Aufklärungen zur Person ihres Liebsten zu bekommen. So war es dann auch. Münz gab zu, in der Vergangenheit Fehler gemacht zu haben und deshalb Bodo nicht mehr zu erreichen. Er schien sich wirkliche Sorgen zu machen um ihn, Patricia ließ sich auf ein Gespräch mit ihm ein.
Münz holte weit aus und erzählte ihr von Bodos Familie, die zu seiner Gemeinde und treuen Kirchgängern gehörte. Mit ihrem Schicksal, durch Sauerstoffmangel bei der Geburt ih-

res einzigen Sohnes, einen geistig Behinderten versorgen zu müssen, haderten sie. Sein Vater nahm sich das Leben, als Bodo acht Jahre alt war. Er litt an Depressionen, es vermochte niemand zu sagen, ob er sie schon vor der Geburt seines Sohnes hatte. Bodos Mutter hielt ganz gut durch und holte sich bei Münz oft einen Rat. Als sie ihren Sohn aus der Schule herausnehmen wollte, er wurde gehänselt, sie selbst hatte immer das Gefühl, auch sie würde gemieden und ausgegrenzt, unterstützte er diesen Entschluss und regelte vor allem Behördliches.

Das bereute er heute, denn Bodo hat dadurch Lern- und Entwicklungschancen eingebüßt. Die Mutter war zufrieden so, es zog Ruhe ein in der kleinen Familie.

In der Pubertät war Bodo mehrere Male von zu Hause, Patricia unterbrach: »aus dem Gefängnis«, ausgerissen und Münz erinnerte sich daran, dass Bodo im Herbst mehrere Tage im Wald zugebracht, sich aus Zweigen und Stöcken eine Art Wohnstätte und eine Kochstelle gebaut hatte. Man musste ihn regelrecht einfangen – und da er aggressiv wurde, kam er in ein Pflegeheim auf eine geschlossene Station.

Mit Hilfe einer jungen Ärztin holte die Mutter Bodo nach einem halben Jahr wieder heim. Nach und nach wurden die Medikamente abgesetzt, die Bodo lange im Dahinter leben ließen.

Leicht hatte es die Mutter mit ihm nicht. Er sprach nicht mehr. Zum Glück bot ihm der geräumige Keller die Möglichkeit zu basteln und zu bauen, was sein Vater dort auch ausgiebig getan hatte. Jegliche Verbindung zum Pfarrer riss ab. Bodo hatte auch das Vertrauen zu seiner Mutter eingebüßt. Er würde sie keines Blickes würdigen, klagte sie mehrmals, wenn Münz sie besuchte.

Als dann Frau von Dietfurt einzog, hielt sich Bodo fast nur

noch im Garten auf. Die Mutter war einerseits erleichtert, dass er wieder fröhlich und lebendig wurde, lernte und sprach, aber andererseits trieb sie die Eifersucht um. Was Münz mit seiner Beschreibung, Frau von Dietfurt sei eine sehr ehrbare und anständige Frau gewesen, meinte, wusste Patricia einzuordnen, blieb aber ruhig.

Allerdings habe Frau von Dietfurt sehr schroff seine weiteren Bemühungen um Bodo beendet und ihm sogar Besuche untersagt, was dieser Frau nicht zugestanden hätte. Ihre Gottlosigkeit habe er ihr aber mittlerweile verziehen, da er gestehen musste, dass sie für Bodo die Rettung war und Gutes getan hatte, was er jetzt wieder ins Wanken geraten sah.

Die Tür öffnete sich weit und Münz musste froh sein, von der temperamentvollen Patricia nicht noch ein tätliches Abschiedsgeschenk bekommen zu haben.

Als der Zorn nach kurzer Zeit verflogen war, tat ihr dieser Münz nur noch leid, und sie wollte keine Gedanken mehr an ihn verschwenden. Er war in Wirklichkeit der Behinderte, der Eingeschränkte – nicht Bodo.

Im nächsten Moment stand Bodo zitternd in Patricias Tür. Er musste Münz gesehen haben und hatte Angst, er habe ihr etwas angetan. Lange lagen sie sich in den Armen.

Eine große Gemeinsamkeit verband Bodo und sie: Freiheitsliebe und das Recht auf Identität und Individualität. Das würde sie so Bodo nie klarmachen können, wozu auch, er lebte es. Zum ersten Male bewegten sie sich zu Musik. Patricia hatte ihre »Silly«-CD aufgelegt. Sie tanzten und waren einander sehr nah.

Abends ging er wortlos. Auf dem Tisch fand sie einen Zettel, zwei Sätze in krakeliger, fast unleserlicher Schrift. Sie wusste mit solchen Schriftzügen umzugehen, hatte sie doch fast 40 Jahre unter anderem Aufsätze korrigiert, die oft von einigen der klügsten, kreativsten, nicht nach Vorschrift Schreibenden in verwahrloster Schrift abgegeben wurden. Durch die Schriftzüge hat sie sich gern gekämpft, war sie doch gespannt wie ein Flitzebogen auf die Gedanken dieser Schüler. Bei manchen Schreibern konnte sie durch die Texte in ihre Seelen schauen und während des Korrigierens war bisweilen eine Nähe zu den ihr Anvertrauten, dass sie ihren Beruf immer wieder lieben konnte.

Münz kommt nie wieder zu uns.
Du versprichst mir das!
Dein Liebster

Patricia drückte das Blatt an sich und schaute zu Bodos Anwesen hinüber. Eine Neuerscheinung »Jede Sorte Glück«, gerade erst erstanden, fiel ihr in die Hände, weil noch nicht einsortiert, und wie lange nicht verlor sie sich ins Lesen.

Die Frühjahrsferien standen an und Patricia bereitete sich auf das Behüten ihrer beiden jüngsten Enkelkinder vor, Max und Fabian würden für eine Woche zu Gast bei ihr sein. Sie freute sich unbändig auf sie, auf ihre Stimmen, ihre Belehrungen, ihre Art des Spielens, wobei ihr Mittun immer sehr gefragt ist. Sie freute sich auch, von den Fortschritten ihrer musikalischen Ausbildung zu hören. Da sie jeden Ton mit Beifall honoriert, wenn Max Klavier spielt oder Fabian Gitarre, zeigen die beiden stets, was sie draufhaben, aber eben auch was nicht. Es gibt keine Hemmungen.

Hamburg sollen beide ein wenig kennenlernen, besonders den Hafen, der nicht sehr weit entfernt liegt von Patricias Anwesen. Ihr zweites kleineres Zimmer, dessen Wände nicht wie das größere aus Buch bestehen, präparierte sie für die Jungs, denn auch Toben sollte trotz der Enge für sie möglich sein.

Die Familien trafen ein, gaben die Kinder ab und geherzt und geküsst verabschiedeten sie sich wieder.
Nach der ersten Nacht mit den Kindern wachte Patricia auf und Stille umgab sie.
Was machten die Jungs?
Nirgends waren sie zu finden, die Behausung war rasch durchsucht, da drangen ihre Stimmen von draußen zu ihr. Bodo »beaufsichtigte« sie in seinem Garten, wo sie sein selbst gebautes Hüpfgerät wild nutzten. Sie riefen nach Bodo mit einer Selbstverständlichkeit »Opa«, gefrühstückt hatten sie auch schon. Später erzählte Max, dass seine Mama gesagt habe, in Hamburg gäbe es einen neuen Opa.
Für Patricia war es ein herzerfrischender Anblick, die »Männer« so miteinander toben zu sehen. Interesse zeigten beide an Pilze- und Kräutersammlungen, obwohl die rechte Jahreszeit dafür erst noch kommt, wurden ausgiebige Waldgänge zelebriert. Bodo glänzte mit seinem Naturwissen und beeindruckte nicht nur die Jungs. Als dann noch die Waldhütte entstand, wo gekocht und gespielt wurde, vereinigten sich vier Seelen. Voller Schalk wusste Bodo die Jungen zu foppen und verliebt wie er war, bekam Patricia etwas ab von seinem Frohsinn.
Die Ausflüge zum Hafen und auf den Fischmarkt mochte Bodo nicht mitmachen. Dafür empfing er »seine Bande« mit dampfenden Köstlichkeiten. Das war so recht nach der Kinder Geschmack. In diesen Tagen rührte er allerdings Patricia nicht ein einziges Mal an, es gab keine Umarmung, auch keinen Kuss.
Am vorletzten Abend wartete sie auf ihre »Männer«, die sich zu einem letzten gemeinsamen Waldgang am Nachmittag verabschiedet hatten, sodass Patricia sich der Wäsche und dem Packen widmen konnte. Nur zufällig streifte ihr Blick

Bodos Laube und sie gewahrte ihn zwischen seinen Holunderbüschen, von den Jungs war nichts zu sehen.
»Wo sind die Jungs?«
»Die müssten bald eintrudeln, sie wollten den Weg von unserer Waldhütte zu uns selbst finden!«

Patricia blieb ohne Antwort und mit gewaltigem Herzrasen, schluchzend und vor sich hinjammernd, rannte sie Richtung Wald. Die Angst um ihre Enkelkinder erzeugte Fliehkräfte. So schnell war sie wohl in den letzten 20 Jahren nicht gerannt. Sie erreichte die Waldhütte, dort waren ihre Enkelsöhne nicht mehr. Sie erinnerte sich an einen weiteren Weg, den man hätte nehmen können. Dort holte sie die beiden ein. Verstehen konnten Max und Fabian im Moment die Aufgelöstheit und die Tränen ihrer Oma nicht so recht, auch Bodo nicht, der verbannt wurde für den Rest des Tages, die Verbannung galt auch für die Abfahrt. Max und Fabian hatten wohl verstanden, dass es gefährlich war so allein im Wald und dass Bodos Handlungsweise nicht in Ordnung war, trösteten sie immer wieder mit: »Ach, Oma, es ist doch nichts passiert.« Als sie loszogen, winkten Max und Fabian zur Laube Bodos hinüber, der sich aber nicht sehen ließ. Patricia blieb länger als geplant bei ihren Kindern, besuchte alle ausgiebig und machte sich nützlich. Nicht alle Fragen ihrer Kinder beantwortete sie, Beklemmung erfasste sie, wenn sie an das Wiedersehen mit Bodo dachte. Es war noch nichts geklärt, könnte sie überhaupt mit ihm etwas klären? Sie spürte Unsicherheit, eine große.

In Chemnitz besuchte sie vor der Rückkehr ihre Studienfreundin, die sich über alle Maßen freute. Drei wundervolle Tage mit Spaziergängen und Gesprächen sollten folgen. Beide öffneten sich in einer Weise, dass die Atmosphäre

geschaffen war für Verständnis und Ratschläge. Ihre Sicht auf Bodos »Tat« relativierte sich zwar dadurch, aber ihre Gewissheit seiner bröckelte, nicht ihre Liebe zu ihm. Sie spürte wieder diese brennende Sehnsucht nach ihm, gab sich ihm im Wachtraum tausendmal hin und lechzte nach sexueller Erfüllung. Obwohl noch so weit entfernt von ihm, spürte sie seinen Körper, seine Hände auf ihrer Brust, wie er es beim Abschluss ihres Beischlafes immer zu tun pflegte.
Hatte diese Sehnsucht etwas mit Liebe zu tun?
Von Anfang an kannte sie sich in dieser Sehnsucht nicht. Sie wurde getan. Die Erfüllung dieser aber war das blanke Abheben von dieser Welt. Patricia hatte jeden Sex mit Bodo als Kraftspender empfunden.
War sie auf einem völligen Ego-Trip gewesen?
Wie nur sollte sie ihm begegnen beim Wiedersehen?
Ihre Freundin hatte ihr zwar versichert, dass es viele Männer, sie betonte – völlig normale – gäbe, die jene Mutproben bei noch viel jüngeren Kindern gewagt hätten, schließlich seien die Jungs bereits neun und sieben Jahre alt. Eine innere Beruhigung stellte sich bei Patricia nicht ein. Vor allem aber wusste sie nicht, ob und wie sie klärend mit Bodo werde reden können. Ihre Enkelkinder jedenfalls würde sie Bodo nicht wieder anvertrauen. Das hätte sie vorher bedenken und wissen müssen ... Eigentlich trifft sie die Schuld, nicht ihren Liebsten.
Ihr Auto war gepackt, es ging zurück nach Hamburg ...
... und ... eine Umarmung und du hast, was du brauchst ...

Ein Arzttermin stand an. Patricia hatte grünes Licht von Bodo bekommen, mitgehen zu dürfen. Er hatte sich auf seine Weise zurechtgemacht, keines der neuen Kleidungsstücke angerührt, sodass alles an ihm leger, schlottrig wirkte, aber

irgendwie eigen. Sie machten sich auf den Weg zu der Ärztin, mit deren Hilfe Bodo einst aus dem Pflegeheim, wo er in einer geschlossenen Abteilung untergebracht war, geholt worden war. Diese eigentlich schon pensionierte Dr. Baum ist eine Psychotherapeutin, die nach ihrer Ausbildung zur Allgemeinmedizinerin in Leipzig auch als solche zehn Jahre dort gearbeitet hat und erst später den psychologischen Aufsatz erwarb. Diese Mischung gefiel Patricia. Auch bei ihr hörte man zuweilen, nur sehr vereinzelt, sächsisch ausgesprochene Wörter, was Patricia bei sich selbst nicht vermeiden kann. Sie bemühte sich immer sehr, das Sächsische wegzufeilen, aber Bodo findet immer wieder ein Wort, das er genüsslich zerrt und damit Patricia neckt. Sehr zufrieden gab sich Dr. Baum nach den zahlreichen Tests, die sie mit Bodo durchgeführt hatte, und sie konnte seine Medikamente wesentlich zurückfahren. Die Auswertung weiterer Blut- und Untersuchungstests von beiden musste später besprochen werden. Patricia ging allein zur Auswertung und sie konnte mit der Medizinerin etwas vertrauter sprechen. Diese machte ihr Mut, das Glück mit Bodo fortzusetzen. Die Ratschläge und Aussagen Dr. Baums insgesamt waren sehr wichtig für sie, fühlte sie sich doch bestärkt in dem, was sie tat, wie sie lebte in ihrem letzten Lebensdrittel. Dieses spürte sie heftiger als zuvor, wenn sie morgens zum Beispiel aufstand, musste die Beweglichkeit ihres Ganges erarbeitet werden. Nach etwa fünf Schritten scheint dann jemand Öl ins Getriebe zu geben und der Gang wird wieder elastischer. Die Erarbeitung dieser Elastizität ist in jedem Falle schmerzhaft. Ratschläge, keine Medikamente, erwarb Patricia im Gespräch.
Die geistige Behinderung Bodos nach dem geburtsbedingten Sauerstoffmangel war nach Meinung Dr. Baums nicht im vollen Umfang ausschlaggebend für seine Defizite, die

bei kontinuierlicher Förderung bis zu einem gewissen Grade kompensierbar gewesen wären. Sie vermutete viel eher ein Schockerlebnis beziehungsweise Schockerlebnisse in der frühen Kindheit, dafür gab es allerdings nur ansatzweise Vermutungen. Sie bewahrte Zeichnungen von Bodo auf, die in Therapiestunden nach dem Pflegeheim entstanden. Aber Patricia durfte sie nicht sehen, auch mögliche Interpretationen durfte die Medizinerin nicht vornehmen, das unterlag der Schweigepflicht. Dr. Baum entließ Patricia dennoch mit einem wunderbaren Urteil, nämlich dass Bodo über ausreichend soziale Intelligenz verfüge. Und das war Patricia auch bei anderen Menschen, mit denen sie Umgang pflegte, sehr wichtig – schon immer gewesen.

Zum ersten Male speisten beide in einem Restaurant, eines am Hafen. Sie saßen nach dem Essen bei einem Glas Wein gemütlich in einer Ecke der sonst vor Menschen überlaufenden Stätte. Das Glück perlte aus Bodo nur so heraus, er lachte, summte, sprudelte. Worte sortierend griff Patricia ein und es kam zu einem Gespräch, das Bodo regelrecht wagte, die Aufregung war ihm anzusehen.

»Ich wollte dir wegen Max und Fabian ...«

»Ja, ich höre, Bodo.«

»Ich wollte keinen Ärger machen.«

»Das weiß ich.«

»Nie gedacht hätte ich, dass du so wütend wirst deshalb.«

»Das musst du einsehen, ich habe die Verantwortung für ...«

»Ja.«

»Also.«

»Truus hat mir oft gesagt, was ich nicht darf.«

»Da ging es um Kinder?«

»Nein, um Frauen.«

»Was?«

»Ja, um Frauen. Ich durfte zum Beispiel Truus nicht anfassen, obwohl ich sie sehr gern hatte. Ihre Haare, die vielen kleinen festen Locken, ich durfte nicht.«
»Die Hand zur Begrüßung habt ihr euch auch nicht gegeben?«
»Doch.«
»Du durftest Truus nicht streicheln und am Körper anfassen.«
»Das macht man nicht, sagte Truus immer.«
»Du hattest sie gern?«
»Ja, und wie.«
»Und mich?«
Bodo drehte unverwandt seinen Kopf Patricia zu, schaute sie lange erstaunt an, fasste schließlich stürmisch nach ihr und küsste sie, um dann zu hauchen: »Liebe.«
Ein wenig unangenehm war es Patricia doch, als sie die Augen Umsitzender auf sich gerichtet sah, hatte sie sich im Kuss doch genauso verloren wie Bodo.
»Endlich weiß ich, was Truus gemeint hat.«
»Womit gemeint hat?«
»Liebe zu einer Frau muss dir passieren.«
»Mit Truus hast du dich über Liebe unterhalten?«
»Ja, und sie meinte, dass ich eine Frau finden werde, die Liebe hat.«
»Das bin ich?«
»Wer sonst?«
»Hast du mit Truus auch über Sex gesprochen?«
»Sie hat mich gefragt, ob ich mit einer Frau im Bett war.«
»Warst du?«
»Ich bin jetzt immer mit einer dort.«
Nun musste Patricia laut schallend lachen. Bodo bezahlte die Rechnung und auf dem Heimweg hatte sie Abwehrarbeit zu

leisten, was sie später in seinem Bett völlig aufgab, sich ihm vielmehr mit Haut und Haaren auslieferte. Es war ganz leicht für sie zu genießen. Ihr fiel noch ein, dass sie genau das früher nicht konnte, weder bei ihrem Mann noch bei Bekanntschaften dieser Art. Sie war damit beschäftigt gewesen, dass es ihm gefällt, dass sie ihm gefällt.
Diese Schranke war gründlich gefallen, weil sie einfach wusste ... Die Gedanken verloren sich im Nichts – om ... Zur Besinnung kam sie irgendwann, als Bodo seine Hände rituell auf ihren Busen, ihn leicht anhebend, legte, sich dann eng an sie schmiegte und wegschlief. Sie ging in ihre Behausung zum Erholschlaf unbemerkt von ihm, den sie noch zärtlich zugedeckt hatte.

Kapitel 4

Endlich war es soweit.
Ende August sollte Patricia ihre Familie wiedersehen, ihre Enkelkinder »und Bodo seine ...«, wie er Patricia einmal unterbrach, als sie ihrer Vorfreude Ausdruck verlieh.
Beide hatten ein Programm entworfen, was Bodo in Dresden sehen und erleben sollte. Das waren in den letzten Wochen die Vorspiele im Bett, Karten und Reiseführer zu durchforsten, was Bodo sichtlichen Spaß bereitete. Auf seine ganz eigene Art entstand eine Agenda Dresden, an der immer wieder Veränderungen vorgenommen wurden, die Bodo vortrug, wenn Patricia hören wollte, wieweit sie letztens gekommen seien.
Sie näherten sich dem »Ausflugsort« sehr intensiv. Wenn Patricia ins Schwärmen ob einiger Dresdner Sehenswürdigkeiten kam, hatte es Bodo leichter, seine Liebesspiele zu treiben und die Vorfreude auf Dresden noch zu erhöhen. Das gelang ihm unentwegt. Ausgewählt waren der Kinobesuch in der Schauburg, die Neue Synagoge, der Alte Jüdische Friedhof, ein Theaterbesuch (Kleines Haus) und Ausflüge zur Schwebebahn, zum Blauen Wunder und ins Elbsandsteingebirge. Ausdrücklich, nur wenn Zeit bliebe, der Zwinger oder ähnliches.
Patricia hatte für die angesammelten Reichtümer der ehemaligen sächsischen Herrscher nicht viel übrig. Für sie ist das lebloser Prunk. Es mag sein, dass sie mit jenem bereits überfüttert war, denn fast jeder Wandertag während ihrer Schulzeit und spätere Ausflüge führten in solche Prunkanstalten.

Als sie zwölf war und mit ihrer Klasse einiges im Zwinger besichtigt hatte, verabschiedete sie sich von der Museumsmitarbeiterin, sie habe vergessen, die Menschen zu erwähnen, die das alles mit ihrer Hände Arbeit erbracht hatten. Die Frau blieb einigermaßen irritiert zurück. Leider investiert Dresden weiter in Prunk und Pomp, anstatt in die Zukunft, nämlich in Kinder, in Jugendliche, in Bildung. Zeigen wollte Patricia ihrem Liebsten unbedingt, wo sie ganz für sich der Bombenopfer der Februarnächte 1945 gedacht hatte. Nicht führen würde sie ihn in die Frauenkirche, die eines Tages und überhaupt genutzt, benutzt wird, so ihre Befürchtungen, den Stadtteil ringsherum weiterhin ins Gestern zu versetzen und das Wohnen und das Vergnügen der letzten Jahrzehnte für Nachkommende zu vernichten. Die Rechten haben die Frauenkirche außerdem längst als eine Stätte auserkoren, die sie in ihre Ideologie gut einpassen können. Abstoßend für sie. Die 2001 neu errichtete Synagoge zeigt Patricia, dass man sich an Ursprünge und Traditionen erinnern kann, ohne den alten Prunk wiedererstehen zu lassen, die Semper-Synagoge von 1839 existiert nur noch auf dem Papier – und das ist gut so. Die Juden in Dresden und all ihre Gäste haben die Möglichkeit, das Tempel-Zelt-Leben der Juden von einst nachzuvollziehen, und das ist allemal interessanter, als endlosen Prunk zu betrachten.

In der Vorbereitungszeit auf die Dresdenfahrt war ihr außerdem eingefallen, welche Enttäuschung sie regelrecht vertrieben hatte aus dem eigentlich schönen Frankenland, als sie nach der Wende die Franz-von-Assissi-Kirche dort besuchte. Nur Prunk, Glanz, leblose Sinnlosigkeit ... Sie wusste, dass das alles nichts mit dem Gedenken an den Namensgeber dieser Kirche zu tun hat, auf alle Fälle nicht, wenn alles von Luise Rinser über ihn Geschriebene stimmte. Den Armen geben und ausschließlich denen und die Gesellschaft so gestalten, dass es keine Armen mehr gibt, das wäre das angebrachte Gedenken, nicht die Anhäufung von Reichtümern. Ihr historisches Interesse hält sich bei Hortung von Prunk – dabei ist es egal wo – stark in Grenzen. Sie erkennt diese »Prunkarbeiten« auf Bestellung auch nicht als wirkliche Kunstwerke an.

Bodo ließ sich im Vorfeld der Reise überreden, einige neue Klamotten anzuprobieren. Er achtete darauf, dass sein Stirntuch, das er fast immer trug, seine Kapuzenpullover und -jacken dazu passten. Er entwarf eine Bodo-Kollektion, die am Ende auch Patricia gefiel, sehr sogar.
Er interessierte sich seinerseits wenig für ihre Kleidung, meinte ohne hinzuschauen, es würde gut aussehen – das Stück. Hier war er wie alle Männer, sie kannte das – und es war gut so.

Bodo hatte den Dresden-Besuch-Plan in mühevoller Arbeit letztlich aus vielen »Einzelteilen« zusammengepuzzelt und alle Wörter von den entsprechenden Vorlagen abgeschrieben, dass sich ja kein Fehler einschleiche. Zu sehen bekam Patricia ihn erst kurz vor der Abfahrt und sie war gerührt, packte auch wirklich die Karten aus, denn Bodo war der Meinung, für genügend Orientierung gesorgt zu haben. Im übrigen kannte sie sich aus in Dresden und brauchte von Haus aus keine Prospekte oder Karten, nahm sich aber vor, bei keinem Ausflug Bodos Plan zu vergessen …

VERSÖHNUNGSTA[G]

JOM HA SHOA

DRESDEN

IGNAZ BUBIS

IM VORHOF DER HÖLLE ✡ HEBR[

NAOMI   FASTENTAG   K[

ICH SCHLAFE VERGEBENS UND

KISHON   TRÜBSAL   F[

ERINNERUNGEN EINES VERG[

KADDISCH   AUSCHWITZ

PESSACH ✡ SCHALOM

DIE SEELE - DAS IST DER

KÖRPER IST IHRE W[

EST

PROBESTERBEN   SYNAGOGE

CHERVERBRENNUNG

CH   A. FRANK   FASTENTAG   MENORA

ZAK UND 200 jüd. KINDER

ACHE UMSONST AUF

T ZU NICHTS   KRISTALLNACHT?

LICHEN   CHANUKKA

NDERTWASSEr   SEDER

o LETTLAND

ZE MENSCH UND DER

UNG

Patricia erwachte. Sie war allein und wusste, dass sie heute Zeit haben würde fürs Lesen und Malen. Sie hatte früher zu wenig Zeit für sich selbst und außerdem ständig finanzielle Knappheit, auch letztere Sorge gehörte der Vergangenheit an. Nach Buxtehude würde sie zusammen mit Bodo am Wochenende fahren. Dort sind sie oft.
Bodo arbeitete seit geraumer Zeit als Hilfshausmeister in einer Sporthalle und Patricia hatte dafür gesorgt, dass er einen ordentlichen Arbeitsvertrag bekam, wo nicht nur sein Verdienst festgeschrieben war, sondern auch seine Versicherung und damit Absicherung. Sie hatte erfahren, dass darum auch Truus gekämpft hatte, aber Bodo hätte sich damals von ihr nichts sagen lassen und arbeitete in der Gartenanlage und der Kneipe nicht nur für umsonst, sondern auch ohne jegliche Absicherung. Bis hin zu Elektrikerarbeiten war er dort betraut worden, das lässt die Fahrlässigkeit des Vorstandes klar erkennen, und es ist kein Wunder, wenn Truus verärgert darüber war.
Jedenfalls zog bei Bodo und Patricia der Alltag ein und ihre Liebesspiele ereigneten sich seltener, aber immer geschah es bei Bodo, noch nie hatte er sie in ihrer Behausung genommen. Bei diesem Gedanken angekommen, hörte sie Geräusche aus ihrem Keller kommend. Es rumorte da unten gewaltig. Sie ergriff die stets bereitliegende Taschenlampe, denn im Keller gab es nur spärliches Licht und das auch nur in einem Raum. Vorsichtig öffnete sie die Tür, die von ihrem Bad aus über einige wenige, aber sehr steile Stufen in den Keller führte.
Ein Schrei.
Patricia fand sich im Bad wieder, vorher hatte sie die Kellertür rasch verschlossen.
Es klopfte.
In Panik geraten, wählte sie die Notrufnummer auf ihrem

Handy, was ihr aber in der Aufregung und ohne Brille nicht gelang. Zitternd lehnte sie sich an die der Kellertür gegenüberliegende Wand und überlegte ...
Es klopfte wieder, diesmal lauter. Jetzt wurde sie Bodos Stimme gewahr – aus dem Keller? Unmittelbar vor der Kellertür? Wie war er dorthin gelangt?
Vorsichtig öffnete sie diese Tür. Bodo stand erdverschmiert, aber glücklich strahlend vor ihr.
»Da staunst du ...?«
»Woher in aller Welt kommst du ...?«
»Aus der Erde.«
»Jetzt drehst du am Rad.«
»Komm, ich zeig's dir ...!«
Bodo nahm sie an die Hand und führte sie die steilen Stufen hinunter, stellte sie direkt vor das rechteckige Erdloch in Türgröße, aus dem er kurz zuvor herausgekrochen war. Unheimlich war ihr in diesem Moment. Ungläubigkeit und Erstaunen zeichneten sich gleichzeitig im Gesicht ab, aber auch in der Haltung Patricias.
»Ich habe uns eine Verbindung gegraben.«
»Was hast du ...?«
»Dieser Gang führt zu deiner Laube?«
»Ja.«
»Bist du verrückt?«
»Warum soll ich deswegen verrückt sein?«
»Dazu muss man Berechnungen anstellen und ...«
»Das hab ich getan!«
Patricia überzeugte sich davon: Ein Lexikon »Alles über Tunnelbau« und einige Bücher waren ausgebreitet auf dem Boden in der Erkerecke, seine krakelige Schrift und Zahlen auf vielen Seiten ließen seine Vorarbeit in dieser Sache erkennen. Die Verbindungstüren waren gezimmert und der zehn Meter

lange Tunnel war abgestützt und verkleidet. Ein Fachmann musste sich die Sache anschauen, das war für Patricia klar. Da es um verbotene Graberei ging und Bodos Keller ohnedies einst schwarz angelegt worden war, musste sie die Sache geschickt angehen.
Die gemeinsame Begehung fand statt. Zwar mussten sie hintereinander gehen und eine gebückte Haltung einnehmen, dennoch war er durchaus bequem und die Häuser nun auch unterirdisch verbunden.
»Willst du, dass uns niemand sieht, wenn wir uns besuchen?«
»Daran habe ich nicht gedacht.«
»Warum dann die Mühe?«
»Du gehst nachts manchmal von mir aus zu dir.«
»Ja, dafür brauch ich diesen Gang nicht, ich werde ihn nicht benutzen.«
»Es ist aber gut, dass es ihn gibt.«
»Wofür?«
»Wir können fliehen.«
»Wovor?«
»Ich habe mir immer einen Fluchtgang gewünscht von Kellern aus.«
»Warst du im Keller manchmal eingesperrt?«
»Oft.«
»Wer hat dich eingesperrt?«
»Mein Vater, zu Hause und auch im Gartenkeller, und ich konnte nicht weg.«
»Warum hat er das getan?«
»Er wollte mich nicht sehen.«
»Und deine Mutter?«
»Die hat mich wieder befreit oder mir manchmal heimlich etwas zu essen und zu trinken gebracht.«
»Das hab ich nicht gewusst.«

»Woher auch, ich habe es niemals erzählt, auch Truus nicht.«
»Hast du Truus vom Tunnelbau erzählt?«
»Ja, sie hatte es mir verboten, ich habe trotzdem gegraben. Wir brauchten doch einen Fluchtweg. Münz kam immer.«
»Vor dem hattest du Angst?«
»Ja, er drohte mir mit dem Pflegeheim. Behinderte gehörten in eine Anstalt, sprach er oft. Dorthin wollte ich nicht.«
»Jetzt brauchst du keine Angst mehr haben.«
»Trotzdem ist es gut, wenn wir den Tunnel haben.«
»Gut, Bodo. Setze die Türen ein und gib mir Schlüssel. Ich werde jedoch diesen Tunnel nicht benutzen. Er gehört dir. Du kannst zu mir kommen, wann immer du willst. Lass uns Klopfzeichen vereinbaren ...«

Herrliches Mützenwetter veranlasste Bodo und Patricia, den Ausflug ins Elbsandsteingebirge anzugehen. Der siebenjährige Fabian signalisierte seine Teilnahme, nachdem er sicher zu wissen glaubte, dass Bodo, der »Bärenstarke«, ihn trägt, wenn er nicht mehr kann. Zum unmittelbaren Ziel wurde die Basteibrücke auserkoren und die Wanderung dahin auf Kürze eingegrenzt. Das erfassend entschloss sich auch Florian zur Begleitung. Zu viert also ging es Richtung Pirna über Lohmen zum dortigen Großparkplatz auf Fahrt. Bodo, der auf dem Rücksitz neben Fabian saß, kam kurz in Bedrängnis, da Fabian von ihm etwas vorzulesen wünschte. Seine Ausrede, die fehlende Lesebrille, ließ Fabian nicht gelten, da er ja die seiner Oma nehmen könne ... Schließlich las Florian »kurz und schmerzlos« das Gewünschte und die Sorgenfalten auf Bodos Stirn glätteten sich wieder. Ab Rathen gab es eine interessante Überfahrt auf der Elbe mit der Gierfähre nach Niederrathen. Von dort aus wurde gewandert. Bald nahm Fabian Platz auf Bodos Schultern und beide schienen sich pudelwohl zu fühlen. Natürlich nahm Bodo die liebevollen und dankbaren Blicke Patricias gerne auf und jedesmal straffte sich sein Körper ...

Bald auch war das Sandsteingebilde sichtbar und während einer Rast am Rande einer gerade erblühenden Wiese informierten sich die wackeren Wanderer über die Entstehung des Massivs. Wieder war es Florian, der aus einer Wanderbroschüre vorlas: »Rund 90 Millionen Jahre zurück reicht die Entstehung dieses in Mitteleuropa einzigartigen Sandsteingebirges. Damals, in der Kreidezeit, lagerten sich in einer riesigen Meeresbucht zwischen Lausitzer Bergland und Erzgebirge über dem Granit des Grundgebirges gewaltige Sandmassen ab, die sich im Laufe von Jahrmillionen unter ihrem eigenen Gewicht verfestigten. Langsam, aber stetig wurde diese waagerecht gelagerte Sandsteinbank anschließend emporgehoben – eine Hochebene entstand. Die Kräfte von Wasser, Frost und Eis zehrten jedoch an dieser überdimensionalen Sandsteintafel und schufen durch ihr zerstörerisches Werk jene bizzaren Formen, die heute den Reiz der Sächsischen Schweiz ausmachen. Die Elbe vermochte mit dem tektonischen Aufstieg der riesigen Sandsteinbank Schritt zu halten; sie bezwang das Gebirge in einem gewundenen Canyon, der an Schönheit seinesgleichen sucht. Fast 1000 frei stehende Felstürme und Felspfeiler sowie Felsgruppen bezeugen das Werk der Verwitterung. Seit mehr als 100 Jahren ziehen sie die Kletterer magisch an; etwa 5000 Kletterrouten aller Schwierigkeitsgrade warten auf ihre Bezwinger. Die Bastei ist zweifellos die berühmteste Felsgruppe – und lockt heute als Perle des Nationalparks Sächsische Schweiz die Besucher in Scharen an. Bereits 1938 wurde das Basteigebiet unter Naturschutz gestellt – und ist damit das älteste Naturreservat der Sächsischen Schweiz.«

In dieser Broschüre war außerdem zu finden, will man die erstaunliche Höhe der senkrecht abstürzenden Basteiwände richtig ermessen, empfehle sich der Aufstieg auf dem markierten Basteiweg ab Niederrathen.

Diese Serpentinen, die sich als Pfad bis hinauf aufs Felsplateau, vorbei an Resten der einstigen Felsburg Neurathen, schlängeln, waren nun der Wanderweg der kleinen fröhlichen »Gemeinde«. Jeder hatte mit sich zu tun und alle atmeten auf, als der Pfad in die eigentliche Basteibrücke überging. Seit 1851 soll dieses kühne Bauwerk die einstige Holzbrücke ersetzt haben.

Atemanhaltend wurde von allen die Überquerung der Schlucht Mardertelle absolviert. Bodo hatte Fabian an der Hand. Nicht ganz klar auszumachen war, wer hier wen festhielt und Trost spendete. Grandios und schwindelerregend war der Ausblick nach links weit über den Elbecanyon und hinüber aufs jenseitige Plateau. Der Blick nach rechts war noch interessanter, befanden sich doch gerade zahlreiche Kletterer an den Felstürmen und Felsschründen. Nach längerem Aufenthalt dort, ging es zur eigentlichen Basteiaussicht, dem »Balkon Europas«. Hier auf 305 m Höhe verschmolzen die zuvor begrenzten Ausblicke zu einem atemberaubenden Panorama.

Patricia, die alles gut kannte, erfreute sich am mit offenem Munde staunenden Bodo, der zum ersten Male überhaupt in einem Gebirge weilte. In entgegengesetzter Richtung auf dem Hauptweg entlang erreichten sie die Ferdinandsaussicht. Ihr zu Füßen breitete sich der Wehlgrund aus, flankiert von den Wehltürmen, der Wehlnadel, der Kleinen Gans und weiteren Felsen. Schließlich ging es in den Gansweg einbiegend in die freie Natur und das Ausruhen und Essen in einer kleinen anheimelnden Gastwirtschaft tat allen gut.

Froh gelaunt und guten Mutes, am nächsten Tag nochmals zum Basteiweg zurückzukehren, kamen sie zu Hause an und das Erlebniserzählen nahm kein Ende.

Bodo sorgte mit seiner Traumstimme, der kratzige Untertöne an diesem Abend fehlten, für heitere Einschübe, die aus seinen Beobachtungen hervorgingen. Patricia spürte, wie liebevoll er Fabian und Florian beobachtet haben musste. Sie freute sich auf die Nacht mit ihm, wurde aber wie immer, wenn sie nicht im Hamburger Gartenviertel waren, enttäuscht. Es kam nicht einmal zu einem Kuss.

Am nächsten Tag galt es, Naturerlebnisse abseits des großen Touristenstromes zu suchen. Das sollte eintreten, verließe man den Basteiweg und wanderte den Gansweg in nordöstlicher Richtung. So war es auch. Seltene Pflanzen mit eiszeitlichen Reliktarten, wie Knotenfuß und Sumpfporst, waren zu entdecken. Die Ursprünglichkeit und Stille der einzigartigen Wald- und Felslandschaft verzauberten die vier Wanderer regelrecht, bis Fabian einforderte, wieder in die gemütliche Gastwirtschaft vom Vortage einzukehren und das Mahl dort zu wiederholen.

Zunächst aber ging es durch die düsteren Schwedenlöcher, durch Wehl-Amsel-Höllengrund vorbei am Amselsee zum Basteiweg. Der Fabian-Wunsch wurde erfüllt, alle aber mussten nun fast den gesamten Weg zurück, was dem Kinde nicht schwerfiel, denn Fabian hatte seinen »Königsstuhl« auf den Schultern Bodos eingenommen und summelte vor sich hin.

Ein Vorhaben, welches den Bodo-Plan der Dresden-Exkursion wiederum sprengte, wurde von der Familie ins Auge gefasst, der Besuch einer Vorstellung auf der Felsenbühne in Rathen. Würde es noch genügend Karten für alle geben, dann stünde dem Besuch des »Freischütz« nichts mehr im Wege. Patricias Schwiegersohn würde sich kümmern.

Bei Regenwetter und deshalb stimmungsmindernd fanden die Brückenbegehung, aber auch die Schwebebahnfahrten statt. Die jeweiligen Aussichten auf Dresden waren durch Nebel und Stimmung gleichsam eingeschränkt, und deshalb hob sich der Synagogenbesuch an Erlebnis und Wissenszuwachs besonders heraus, denn das Wetter hatte hier keinen Einfluss.

Beim Essen im »Roschana« erfuhren sie vom Unterschied der Milch- und Fleischküche, die auch material getrennt in ein und derselben Küche vor sich geht und koscher bedeutet. Eine junge Jüdin mit leuchtend braunen Augen und herrlichem Haar erläuterte das alles, während sie bediente. Auch wies sie darauf hin, dass der Satz: »Du sollst das Böcklein nicht in der Milch seiner Mutter bereiten«, aus dem Zweiten Buch Mose, so viele Interpretationen erfahren hat, dass die Auswahl bei den Juden relativ groß ist und jeder nach seiner Fasson handeln könne. Sie selbst trenne zu Hause gar nix, lapidar endete sie so ihre Erläuterungen.

Für Patricia und Bodo war die Fleischküche recht und bis auf die Eigenheit, dass Suppe und Braten nicht ganz heiß gereicht wurden, schmeckte alles gut.

Irritierend dann die Jahreszahlenangaben – sehr interessant die Erläuterungen im Inneren der Zelt-Synagoge.

Nach jüdischer Auffassung beginnt die Zeitrechnung mit der Erschaffung der Welt, die vor nunmehr 5761 Jahren stattgefunden haben soll. Das jüdische Neujahrsfest ist immer im Herbst. Das Jahr hat zwölf Monate, die alle mit dem Neumond beginnen und 29 oder 30 Tage lang sind. Ein Jahr umfasst somit in der Regel 354 Tage. Um die Differenz zum bürgerlichen Sonnenjahr mit seinen 365 Tagen auszugleichen, werden innerhalb von 19 Jahren sieben Schaltjahre eingeschoben, die 13 statt zwölf Monate haben. So wird das

Mondjahr dem Sonnenjahr weitgehend angepasst, die Feiertage bleiben in derselben Jahreszeit. Der Schabbat und die Feiertage wie auch der Tag überhaupt beginnen stets am Vorabend bei Einbruch der Dunkelheit und enden am darauffolgenden Abend, wenn drei Sterne am Himmel zu sehen sind. Der erste Tag in der Woche ist der Sonntag, Jom Rischon, der siebte und letzte ist der Schabbat.
Bodo folgte nicht nur diesen Ausführungen sehr konzentriert und neben Patricia stehend, begann er »Truus hat ...«
Als Patricia nachfragte, was Truus denn habe, blieb er stumm, und auch am Abend blieb er ihr ob seiner Bemerkung eine Antwort schuldig. Er reichte ihr nur wortlos ein Blatt, auf dem zahlreiche Begriffe zum Thema Judentum in seiner Druckschriftkrakelei zu finden waren.
Sie würden in Hamburg viel zu reden haben und sicher erwartete Bodo einige Antworten von Patricia. Hoffentlich strömte nicht zuviel auf ihn ein. Sie spürte, dass die Dresden-Familien-und-Sehenswürdigkeiten-Exkursion unvollständig bleiben musste. Die Abfahrt ging in Planung und wurde mit einem Lächeln von Bodo registriert. Patricia hatte außerdem von ihrer Hamburger Ärztin, mit der sie inzwischen freundschaftlich verbunden war, erfahren, dass am Wochenende eine Künstlerin aus ihrer alten Heimat in einer Hamburger Galerie ausstellte. Das wollte sie auf keinen Fall verpassen.
Es sollte ein besonderes Erlebnis werden, das Zusammentreffen mit ihr und ihren Werken.
Zu Patricias Erstaunen kam Bodo mit. Es sei doch eine Künstlerin aus Patricias Heimat, meinte er lakonisch.
Eine angeregte Unterhaltung mit der Künstlerin währte über zwei Stunden und Bodo schob den Vorhang, der sich bei ihm zwischen Sprache und der Welt stets zuzog, respektlos zur Seite und seine sonorige Stimme erreichte ihren Höhe-

punkt an Klang und Farbe. Immer wieder zog es ihn zu den Skulpturen und Kleinplastiken, die feingliedrig und feinsinnig gleichermaßen sind. Er streichelte sie, stellte sich dazwischen, dahinter, davor und postierte sich so, als würde ein Film gedreht oder jeden Moment eine Aufnahme zu machen sein. Es wurde viel gelacht und es entstand zuweilen Gekicher knisternd wie Seidenpapier.

Alle waren angetan von den farbigen zum Teil großflächigen Bildern, die für das eigene Deuten viel Freiraum, aber auch Figürlichkeiten erkennen ließen.

Bodo stellte Fragen, die Patricia hier und da peinlich waren, aber die junge Frau beantwortete sie ausführlich und mit Ernsthaftigkeit.

Die Künstlerin, eine kleine schlanke, dunkel-langhaarige Frau mit braunen Augen, mit sehr anmutigen Bewegungen, die deutlich jünger wirkte als sie war, die Wärme und Freundlichkeit, verbunden mit einer mädchenhaft wirkenden Schüchternheit ausstrahlte, schien Bodo zu beeindrucken und das mobilisierte all seine Fähigkeiten …

Sie tranken ein wenig zu viel Wein, was eigentlich immer Fröhlichkeit auslöste, auf dem Heimweg aber war Bodo niedergeschlagen und traurig. Die wenigen Worte, die Patricia von ihm noch zu hören bekam, sprach er mit einer Stimme, die klang wie mit Stacheldraht umwickelt.

Bodo — Dresden - D[...]

KINO / Schauburg
FILM, BIER, SPAß, Freu[...]
Neustadt, Königsbrücker Str.

ALTER Jüdischer FRIEDHO[f]
Gedenken, kein Spaß, Stein[e]
Neustadt, Außenring, Pulsni[tzer] Str.
1751 angelegt

Theater - Kleines Haus
Kunst, Beifall
Neustadt, Glacisstraße

Elbsandsteingebirge
Natur, FELSEN, Bastei
Kuhstall, Felsentor: 11x17x24 m
Wandern, Picknick, S[...]

PLAN
...den - Dresden - Dresden Pat.

Eis

ELBE

Neue Synagoge ♥
Altstadt, Hasenberg
abgebrannt 1938 vorh.
Semper-Synagoge seit
2001 neu gebaut wie
und Zelt der Juden
Patricias alles anschauen und

Radweg
▨ Gedenkstein

→ Zwinger u. ä
  Prunk

Blaues Wunder ♥
Brücke
seit 1893 Verbindung
zwischen Loschwitz u.
sewitz
laufen, schauen ♥

eventuell
vielleicht

Schwebebahn

Kapitel 5

Der Druck, die Million aus dem Truus-Erbe für »wohltätige Zwecke« zu überweisen, wuchs, nur noch drei Monate Frist blieben Patricia.
Sie intensivierte die Informationsarbeit, recherchierte gründlich im Internet, per Film und Dokumentationen, aber auch vor Ort. Fast überall fand sie in Hinblick auf die Ergebnisse zu aufgeblasene Stäbe, die mit Organisation und »Büroarbeit« beschäftigt waren. Bisweilen gehen so bis zu 50% des Spendenaufkommens verloren. Truus hatte genauestens formuliert, auf solche Erscheinungen zu achten und dorthin keinesfalls zu spenden.
Was Patricia vollends irritierte, war die Tatsache, dass hier und da durchaus Steuergelder ohne Kontrolle fließen. Rasch merkte sie, dass in allen Hilfsprojekten neben den wirklich Engagierten und Enthusiastischen auch jede Menge Abstauber sitzen. Natürlich konnte sie als spontane »Einblenderin« nicht wirklich durchschauen, was jeweils läuft, ihr Misstrauen jedenfalls wuchs.
Bodo begleitete Patricia mehrmals auf diesen Recherchegängen und folgte den Gesprächen angespannt und sehr aufmerksam. Ohne Teilnahme, aber auch ohne Anteilnahme blieb es bei Bodo, als Patricia begann, kirchliche Hilfsprojekte auszumachen. Obwohl sie grundsätzlich der Meinung war, dass ohne kirchliche Sozialeinrichtungen und Hilfsprojekte der Sozialstaat schlechter dastünde, fand sie hier heraus, dass immer auch missionarische Anliegen umgesetzt werden sollen. Das wollte sie nicht unterstützen und da wusste sie sich

mit Truus einig. Den Tafeln Hamburgs würde sie aus dem eigenen Erbe eine hohe Summe zukommen lassen, denn dort fand sie Mitfühlende, auch Altruistische, die sich der Klientel der Bedürftigen mit Respekt angenommen haben, denen es sogar gelingt, einige von ihnen wieder auf hellere Pfade zu leiten. Aussortiert hatte Patricia Hilfsprojekte, die durch Prominente als Aushängeschild vertreten werden. Sie hatte herausbekommen, dass in einigen Fällen diese Prominenten zu Fotoshootings erscheinen, einmalige Reisen zum Zwecke der Werbung durchführen und ansonsten schnell vergessen, wofür sie ihren Namen hergegeben haben.

Seinen Hilfshausmeisterposten hatte Bodo inzwischen aufgegeben. Es seien dort Typen wie Pfarrer Münz, meinte er als Begründung. Durch die Befreiung seiner Seelenlage waren beide wieder verstärkt ihren Zärtlichkeiten und stürmischen Liebesspielen ausgesetzt.

Der überraschende Anruf eines Freundes Patricias aus uralten romantischen Zeiten brachte sie im Gespräch mit ihm auf die Idee, auch Umweltorganisationen in ihre Recherche aufzunehmen, denn jene würden Armut verhindern helfen. Patricia blieb bei ihren erneuten Erkundungen gleich bei Greenpeace »hängen«.

Greenpeace erwuchs aus einer Handvoll entschlossener Leute, die sich zu einer weltweit agierenden Umweltorganisation mit über drei Millionen Mitgliedern entwickelt hat. Das Zindler-Zitat: »Der Optimismus der Aktion ist besser als der Pessimismus des Grübelns«, gefiel ihr. Mut, Verwegenheit, Bildung und echte Sorge, was die Zukunft der Erde, damit die der Menschheit betreffen, zeichnen die Aktionen von Greenpeace aus. Patricia hatte wirklich den Eindruck, dass die Leute nicht nur wissen, worum es geht, sondern kluge Akzente setzen, aufmerksam darauf machen, dass die soge-

nannte zivilisierte Welt dabei ist, die Lebensgrundlagen auf der Erde zu ruinieren. Solange westliche Regierungen mit ihrem Wachstumswahnsinn die schlechtesten Vorbilder für aufstrebende Entwicklungsländer sind, wird Greenpeace jede Menge Arbeit auch in der Zukunft haben.
Spannte Patricia den Bogen weiterhin ganz weit, war die Spende bei Leuten, die für alternative Energien eintreten und alle Anstrengungen mobilisieren, um zum Beispiel Kohlekraftwerke und auch die die Menschheit ewig belastenden Kernkraftwerke abzulösen, sinnvoll angelegt.
Irgendwann gegen Ende der Frist entschied Patricia, für Greenpeace, für Klima-Allianzen in den verschiedenen Bundesländern und für die Hamburger Tafeln zu spenden. Noch in diese Entscheidungsphase hinein platzte Jürgen, Patricias Jugendliebe, mit seinem ersten Besuch. Seine passable Erscheinung mit seinen fast 70 Jahren, aber auch der Gedankenaustausch mit ihm beeindruckten sie. Ihr Spendenaufkommen aus ihrem eigenen Erbe erhöhte sich durch ihn, den pensionierten Arzt, insofern, als dass Jürgen aufmerksam machte auf Medicins Du Monde und die entsprechenden Informationen lieferte. Überzeugt hatte er Patricia, dass Ärzte und Journalisten gemeinsam weltweit nicht nur helfen, sondern auch Verstöße gegen Menschenrechte dokumentieren und publik machen.
Bei der Verabschiedung zog Jürgen zwei Musicalkarten für das nächste Wochenende aus der Brusttasche seines gut sitzenden blauen Anzuges. Sie freute sich wie ein Kind. In temperamentvollen Ausbrüchen tanzte sie durch ihr »Haus«.
Sie lief in Bodos Garten, in dem inzwischen nur noch Kräuterbeete zu finden waren.
Er selbst war gerade beim Herstellen einer Salbenmixtur aus Studentenblumen, die er sehr gut an Apotheken verkaufte.

Er hatte also zu tun, freute sich aber mit, wiewohl das große Ausgehen ohnedies nicht sein Ding war.

Über ein Jahr »lebte« Patricia mit Jürgen und mit Bodo zusammen, freilich mit Jürgen auf einer anderen Ebene. Bodo liebte sie nach wie vor und blieb mit ihm in körperlichem Kontakt, wenn auch selten. Jürgen akzeptierte das, auch wenn er die Hoffnung auf Vereinnahmung dieser Frau nicht ganz aufgegeben haben mochte. Er wagte auf alle Fälle keine Annäherung. In schönen Momenten ihrer gemeinsamen Erlebnisse im Theater, während eines Konzertes, im Museum oder in einer Bar hatte Patricia zuweilen so viel Kühle in seine Richtung ausgesandt, dass es sich von selbst verstanden hatte, Abstand zu halten. Jürgen spürte, dass sie sich zu diesem Bodo hingezogen fühlte und Nähe sowie Zärtlichkeiten nur mit ihm austauschbar schienen. Jürgen saugte in diesem Jahr ihre Lebendigkeit und Begeisterungsfähigkeit auf wie Löschpapier und bezeichnete allein das als Glück.
Bodos Verschwinden wurden beide nicht gewahr, schließlich hatte er wiederholt gemault, wenn Patricia mit oder ohne Jürgen in seine Laube, die immer weniger betretbar war, so vollgestopft mit frischen und getrockneten Kräutern in allen Formen wie sie war, kam, also hatten sie ihn immer weniger gestört. Als sich Jürgen mal wieder für einige Wochen verabschieden wollte, um zu Hause nach dem Rechten zu sehen, war Bodo zwecks Verabschiedung nirgends zu finden.
Patricia musste in den nächsten Tagen feststellen, dass er weder in seiner Laube noch bei den wenigen Freunden, die sie hatten, aufzufinden war. Verzweifelt meldete sie ihn als vermisst.
Im Verlauf der polizeilichen Suche und Ermittlung durchsuchte die Behörde das Anwesen Bodos und das Patricias.

Vor der von Bodo eingesetzten Tür zu ihrem Keller, am Ende des Tunnelganges, wurde er tot aufgefunden. Keine der Tunneltüren, die den Gang begrenzten, fanden die Beamten abgeschlossen.
Den Bodo-Fluchtweg hatte Patricia längst aus ihrem Gedächtnis gestrichen. Sie war froh, dass beide ihn nicht benutzten. Das dachte sie jedenfalls, denn die Polizisten zeigten ihr eine Schlafstätte im Gang, die Bodo in letzter Zeit wohl benutzt haben musste, auch hatten sie einige Regale – vollgestellt mit Ringelblumensalbe – dort unten gefunden.
Mehrere Befragungen, dann auch Verhöre, kosteten sie viel Kraft, die Trauer um Bodo war grenzenlos.
Die Obduktion erbrachte als Todesursache eindeutig: Selbsttötung durch Schlaftabletten.
Als Patricia mit Jürgen, der herbeigeeilt war, im Tunnelgang am letzten Glas Bodos Ringelblumensalbe einen Zettel, versehen mit einigen Zeilen in krakeliger Druckschrift, fand, verfiel Patricia in eine Art Versteinerung, die noch lange anhalten sollte, und Jürgen wusste in diesem Moment, dass alles vorbei war. Patricia wurde kurze Zeit später nicht einmal gewahr, dass er sich verabschiedet hatte.

> Wenn du zu Besuch
> im Weinberg bist,
> iss, bis du satt bist,
> aber fülle dein
> Gefäß nicht.
>
> Schalom

Über die Autorin:

Ruth Neukirch, 1948 in Freiberg geboren und aufgewachsen, arbeitete dort viele Jahre als Lehrerin. Sie hat drei Töchter und lebt seit 2011 in Desdens Neustadt.

Kathrin Kolloch

DER NEID

1989. In einem einsamen kleinen Dorf in Mecklenburg lebt das 13-jährige Mädchen Stefanie bei ihrer Großmutter. Ihr Vater hatte sie in die Obhut seiner Mutter gegeben, nachdem Stefanies Mutter zehn Jahre zuvor auf mysteriöse Art und Weise ums Leben kam. An einem Sonnabend im Januar 1989 verschwindet das Mädchen plötzlich spurlos.

Gewaltverbrechen oder Entführung? Da es scheint, dass den Ermittlern sämtliche Spuren ausgehen, beauftragt der Vater des verschwundenen Mädchens fünfzehn Jahre später eine renommierte Anwaltskanzlei mit der Aufklärung des Falls. Es scheint das perfekte Verbrechen zu sein, keine Leiche und keine Spur …

1. Auflage 2011
gebunden
mit Schutzumschlag
17,70 € (D)
ISBN 978-3-943168-00-6
Spica Verlag

»DER NEID« ist der erste in einer Reihe von künftig sieben Romanen zu Themen der biblischen Todsünden.

www.spica-verlag.de